冯骥才精读系列

天涯手记

冯骥才\著

丛书策划\李世跃

文化艺术出版社
Culture and Art Publishing House

图书在版编目（CIP）数据

天涯手记 / 冯骥才著. —北京：文化艺术出版社，2014.11
ISBN 978-7-5039-5893-9

Ⅰ. ①天…　Ⅱ. ①冯…　Ⅲ. ①散文集—中国—当代
Ⅳ. ①I267

中国版本图书馆CIP数据核字（2014）第245924号

天涯手记

著　　者　冯骥才
责任编辑　董　耘
装帧设计　顾　紫
出版发行　文化艺术出版社
地　　址　北京市东城区东四八条52号（100700）
网　　址　www.whyscbs.com
电子邮箱　whysbooks@263.net
电　　话　（010）84057666（总编室）　84057667（办公室）
　　　　　84057691—84057699（发行部）
传　　真　（010）84057660（总编室）　84057670（办公室）
　　　　　84057690（发行部）
经　　销　新华书店
印　　刷　国英印务有限公司
版　　次　2015年1月第1版
印　　次　2015年1月第1次印刷
开　　本　787毫米 × 1092毫米　1/32
印　　张　7.125
字　　数　110千字
书　　号　ISBN 978-7-5039-5893-9
定　　价　29.80 元

关于读本

冯骥才

作品多了，再出版就会出选本。

虽然选本都是摘精选优，但选家不同，选目也就不一。选本有各式各样：有的是某位名家或学人选的，这便是通常所见的各种选本；有的是作家自己选的，此称自选本；再一种是出版家选的，叫作读本更适宜。

所有选本都是对读者的一种推荐，但角度各有不同。

名家学人的选本往往出于个人的文学观与偏好，同时又表现出选家的眼光、判断力与审美水准；作家的自选本应是一种自我的评介，自选本的选目肯定与众不同，因为每个人心中的自己决不同于别人眼中的自己；至于出版家的选本，都是站在读者的需求上选的，是为读者“量身定制”、专供读者阅读的，所以称之为“读本”比较恰当。

然而，读者是一代一代的。每一个时代的读者都有自己的关注点、兴趣、向往和时尚。上一代读者的阅读热点决不会是下一代的热点。出版家是依照这一代读者的口胃来选的，但它能不能为当今的读者所接受所喜欢，还要看被选的作品有没有跨时空的阅读价值。我知道，如果作品下一代不读，就意味作品生命的完结。

为此，在本书出版之际，我遂诚惶诚恐，心无根底，又束手无策，只有静候读者的评判。

是为记。

2014.冬日小雪

目　录

巴黎手札

维也纳生活

英伦三岛记

俄罗斯的沉思

巴黎手札

/ 街头的吻 /

离开巴黎的前一天，我去到旅游纪念品商店，打算选几张明信片做个纪念。巴黎的明信片花花绿绿，都很漂亮和诱人。但我没有像旅游者那样，去选那种风景名胜的画面。什么埃菲尔铁塔呀，巴黎圣母院呀，还有贝聿铭用他那个有名的玻璃金字塔做入口的卢浮宫呀。我从架上拿了这样一张——一对年轻男女正在街头忘情地接吻。这时，身旁一位陌生的法国男子朝我微笑着点一点头。他表示很同意我这个外来客的选择。我呢？向他得意地一扬眉毛，似在说："我当然懂得，这才是巴黎！"

两个多月前，我到巴黎，便被主人安排在拉丁区一条又弯又窄的老街上。从这条街走出来便是巴黎人无人不知的圣·米歇尔广场。它在一座带有雕像与喷泉的纪念碑式的建筑前，是一个三角形的广场。广场不大，但它直对着塞纳河上一座桥的桥口，又是几面临街，视野开阔，四通八达。无论地上还是地下的交通，这儿全是枢纽。故此，许久以来它一直是巴黎的情人们约会的地方。我每天至少两次经过这里。广场上总是站着一些等候情人的人，或男或女。逢到下雨，每人举着一把伞，痴痴立着，他们的倒影静静地反照在地上的雨水里，非常动人。没有等到情人的人都很孤单，正在相爱的人都很幸福。有时一大片站在那里，虽然彼此绝对地各不相关，但他们共同心怀着的那种爱的期待却令人感到一种无声的震撼。细看他（她）们——有的耐心伫立，有的不安地东张西望，有的着急地掏出手机打起来。最司空见惯的画面便是一对邂逅的男女激情地拥抱和亲吻起来，完全不管周围这个人来人往和车来车去的闹市。

街头的吻从来都是巴黎最迷人的风情画。

自从1848年照相机进入社会生活，巴黎的这种街头亲吻的情景便时时进入摄影家们的镜头，成为杰作，使得不少摄影家名扬天下。我曾对一位旅行者开玩笑说，你随便举着照相机，在巴黎街头胡乱地按快门，回去冲洗出来看看，保准每一卷都会有一张接吻的照片。无论是街头巷尾，还是河边、桥上、地铁站、露天的咖啡店等，时时可以看到一对男女在那里亲吻。可以说，亲吻是巴黎人的一种公开的爱情语言。情感过剩的巴黎人总是按捺不住心中盈满的爱。如果他们过街时遇到红灯，在等候变灯时也会吻两下；如果他们驾车遇上红灯，那正是好好亲吻一阵子的好时候。我见过一对年轻人走到大街中央忽然紧紧拥抱，热吻起来，来往的车辆全都不按喇叭，而是鱼贯地绕过他们而前行。热吻中情人脚下的土地，永远是巴黎街心的安全岛。这样的画面除去巴黎，大概只有在电影中才能出现。如果你再往细处看一看，会发现他们这种接吻的语言十分丰富，决不千篇一律。有的在表达着明媚而清纯的爱意，有的在诉说心中的缠绵，有的几乎是铺天盖地的誓言。

巴黎简直是一块接吻的圣地！

当然，我在世界很多地方也见到过这种街头的景象。比如柏林、纽约、卢森堡、奥斯陆，乃至神户和新加坡。但我总觉得那些街头的吻很像是一种仿制品，不如法国人来得这样纯正、这样自然！如今中国的大街上偶尔也能见到这种“奇观”了。但目前中国人的街头亲吻更像是一种勇气的公开张扬，或是一种反传统的方式。而法国人的街头亲吻则是亲吻的本身。他们完全听凭于情感，随心所欲，要吻就吻。大概为此，人们才说法国人是浪漫的。

当然，有人会说美国人更浪漫。然而这浪漫的本质有些不同。法国人的浪漫多些精神意味，美国人的浪漫直通着性。法国人幻想着一个长长的吻能够到达永远，而美国人的吻不超过一分钟就开始脱衣服了。美国人的好莱坞所描述的爱情的最高境界，便是性的如狼似虎；而法国人说性“不是自私的情欲，而是肉体也要参与一份的崇高的友谊”。这是罗曼·罗兰在《约翰·克利斯朵夫》中的一句话。所以，美国人浪漫的符号是纽约四十二街红灯区那种只穿一双高跟鞋的裸女，法国人浪漫的符号则是这种街头的吻。

法国人很得意他们的街头亲吻。我想，最深刻的意义则是他们喜欢这种可以随处看到的爱意的表达，这种美丽的生活图景，还有没有约束的自由自在的人性环境。于是街头的吻成了巴黎一种最迷人的风情，也是最深刻的一种风光。

一次，我从一座高楼的九层乘电梯下来。同梯的一对男女忽然亲吻起来。顷刻间，他们吻得像一团火。直到底层，电梯门打开，他们依然吻得烈火熊熊。同梯的人若无其事地走出来，没有人去告诉他们该下电梯了。我在巴黎已生活了一个多月，也知道不该去打扰他们。因为对于他们来说，此时爱比“下电梯”重要百倍。我便走出来。等我回头，电梯门正慢慢关上时，那一对男女还在依然故我地吻着。然后是电梯门关闭，电梯升上去。我想里面那对年轻人在热吻中渐渐升空的感觉一定会像神仙一样美妙。

我把这事告诉一位法国朋友。这位朋友说："如果他们是在飞机上接吻，到站也不下来，有可能他们又飞回去了。"

我说："如果飞回去还在一直吻着，依旧不下飞机，不是重新又飞回来了？"

我们都笑起来。笑了半天。

/ 春寒中的法国人 /

我站在塞纳河边的冷风里，脸颊冻得居然有点发疼，耳朵里却听着伦敦的朋友在手机中描述着那边的奇冷，并说这是半个世纪来英国最冷的春天，其实根本还看不到春天，已冻死五千人了；我的下一站就去那里，我仍不相信在英国会用可以冻死人的寒冷迎候我。春天到达人间从来都是艰难的，最初总是遇到一道冰墙死死挡在前面，而隔墙的那边，一准是柔和的春之绿，但此时此刻我们看不见也感受不到。不知在哪一天它忽然坍塌——你见过松花江和黄河坚冰崩溃时惊天动地的凌汛吗？随后春天就在我们的面前神奇地发生了。

法国人今年流行瘦腿裤，这种裤子更像两条细细的套筒，紧巴巴套在他们本来又细又长的腿上。女孩子下边多穿长筒靴，上边一件半长外套，一条长长的单色的围巾在脖子上绕来绕去，最后一团堵在领口上。她们从来对自己的长脖子十分爱惜。法兰西人种的脸正面窄侧面宽。迎面看秀气的一双小眼深陷在高高的鼻梁两边；嘴唇不厚，下巴尖尖。她们崇尚自然美，不刻意于修饰，衣服的颜色讲究谐调，很少穿花。如今这个时尚之都的名牌大多被四方游客——尤其是口袋塞着大把欧元的中国人买走。她们喜欢把包斜挎身上，包放在胸前。她们说这样安全——这是我所看到的法国女孩唯一不是唯美而是实用的生活方式。自从法国左派当政，治安不好，没学会斜挎包又好带现金的中国游客常常是盗贼猎取的目标。中国游客到巴黎只去几个景点外加老佛爷。老佛爷是超大的时尚名牌的卖场。每天都迎来阔绰的中国买家。很少见法国人进进出出。我问法国朋友做何感想。他们说，你们买我们的东西当然好呀。但法国最好的东西并不在老佛爷。

这话很中肯。我想，谁懂得这句话谁就懂得了法国人。

/巴黎女郎/

一提到巴黎女郎，我们的脑袋里会立即冒出一些浓妆艳抹、奇装异服、香气四溢、行为浪漫的女人来。可是，我们如今在巴黎连这种女人的影子也见不到！这印象缘自何处？是从法国电影中夜总会的场面上看到的，还是受了皮尔·卡丹那些光怪陆离的模特儿们的误导？

其实都不是。我们印象里的巴黎女郎早已成为历史人物。如今的巴黎街头巷尾，五光十色闯进你眼睛里的大多是外来的游客。如果我们放下对巴黎女郎的这种“历史解释”，着意地去观察，就会渐渐认识到今天意义上的更加美丽动人的巴黎女郎！

她们的服装原来那么普遍和简单，平时几乎不穿名牌，款式也很少标新立异。她们所理解的“时尚”大概只是四个字——回归自然。所以，她们最喜欢宽松自如而决不碍手碍脚的休闲装，鞋子基本上是平底的，很少高跟，手包大多平平常常，头发全是自然而然地一披或一绾。她们的头发本来就是金黄的，更用不着为了流行而去染成黄色。至于化妆，她们决不在自己的脸上胡涂乱抹、动手术、贴膜，搞得面目全非。然而她们就是这样平平淡淡，却依旧会惹起人们刻意地注意着她们，为什么？

首先，她们先天都有很美的形体，骨骼细小而身材修长。如果她们在20岁以内，白白的小脸便一如安格尔所画的那样明媚又芬芳。她们的蓝眼睛的光芒一如塞纳河河心的波光。如果是褐色的眼睛，那就像春天河边的泥土一样的颜色了。从正面看，她们的脸都比较窄，小巧的五官灵气地搭配一起，显得十分精致。尤其再叫金色的头发包拢起来，阳光一照，真像镶在画框里。法国的女郎十分自信自己这种天分，不会叫化妆品遮掩自己的天生丽质。她们甚至很少戴首饰，最多是一条别致的项链，而且差不多都是某种情感的纪念。她们使用很淡的香水，只有从她们身边走过时才会闻到。法国女郎偏爱的香水是一种清雅的幽香，一种大自然中花的气味。所以常常会使你觉得闻到一种花香，扭头一看，却是一位法国女郎美丽的背影。

这些可爱的法国姑娘，她们自小在一个美术的国度——也就是在无处不在的画廊中受着艺术的熏陶而长大。她们最希望成为画中人，故而，很自觉地先当起了自己本人的画师和设计师。她们深知最高品位的视觉美是色彩，因此，她们首先要做的是选配服装和随身用品的颜色了。色彩需要很高的修养，色彩最高的要求是格调、意蕴以及和谐。别看她们服装的样式简单，颜色并不复杂，往往只有两三种颜色，但她们对色彩的选配却像画家那样苛刻，那样精心地对待颜色的色差与色度。颜色表示一种品格、情感、个性，或者说就是她们自己。故而，这些巴黎女子站在那里，有的如一片早春，有的如一片熟透的秋，或一片茫茫的暮雨。在她们身上不大会出现一块不伦不类的色彩的噪音。尽管每个巴黎女子的服装都有其独自钟情的色谱，但她们站在一起时却极其和谐。这真的就像卢浮宫里的画，每幅画都有自己的色彩与风格，放在一起却既优雅又谐调。因为她们色彩的修养实在太好了。

由于这些女子各人都有很好的气质，最终她们才给世界一个“巴黎女郎”特有的卓然又优雅的整体形象。

进而说，这些被传说为举止浪漫的巴黎女郎，实际上还有点古板呢！她们很少大声说话，吃东西也不大嚼大咽，举手投足的动作都很小很轻，有姿有态却不做作；即使在地铁车上，她们也是文静地站在那里。她们不喜欢美国人的牛仔装。整个法国都拒绝美国文化的浅薄、张扬和粗野。她们固执地痴迷于自己深邃的传统，她们都有很浓郁的历史情怀。也许她们做得有些过分，直到现在家中的电器比整个世界慢了半拍。更多的人看录像带而不看 VCD；在电视与图书之间，她们首选的依旧是画册与图书。所以，如果你想看到真正的巴黎女郎，就到书店里去。她们静静地伫立在书架前，捧着一本书读着，旁若无人。她们读书的神态颇似在教堂里读《圣经》那样专注，带着一点虔诚。此时，她们的头往下低着，在领口与发际之间露出很长一段雪白的脖子，上边一层绒样的汗毛，在屋顶灯光的照耀下，柔和地闪耀着金色的光。这才是巴黎女郎的美。

有一天，我坐在街角的露天咖啡馆，一边饮咖啡，一边像巴黎人那样欣赏着形形色色的行人。我对面的街角也是一家露天咖啡店。这时我忽然发现那里坐着一个女子。阳光从我这边的屋顶上空斜照在她那边。我这边如在山阴，她那边如在山阳。秋日把她照得分外明亮。她坐在那里很美，她使那边整个街角都变成了一幅画。她正在低头读书，同时享受着日光与咖啡。她套着黑色裤子的一双腿显得非常颀长，上身是一件棕红色粗线的短袖毛衣，粗毛线疙疙瘩瘩的质感和她光滑细白的皮肤对比着，也彼此更加强调。毛衣的棕红色并不鲜艳，而是一种褪了色的枫叶的颜色。法国人喜欢在所有颜色里都加进一点灰色，他们的建筑也一概是灰白和浅褐色。文化浅显的国家爱用艳丽夺目的原色；文化深远的国家则多用中性和色差丰富的复合色。此时，秋深天凉，她披一条很大的灰绿色薄呢的披肩。这灰绿与棕红配在一起，正是此刻城外原野舒展又谐调的秋色。显然，她刻意选用了这两种颜色，她把自己与大自然的气息融为一体，无意中却把优美的大自然带到了都市中心。

我坐在这边一直在欣赏着她。

直到阳光从她那块地方挪开，她才站起身。在她合起书来的时候，她四下看看，想寻找个什么东西，当作书签夹在正在阅读中的书页间。忽然她惊奇地从邻桌上发现了她需要的东西。她伸过长长而迷人的手臂，把那东西捏了起来。我一眼看到——是一片金黄的落叶，鲜黄而耀眼。她举到眼前，手指一捻，黄叶优美地转一转。她很高兴，把它夹在书页中，当作书签，然后合起来，走了。

这便是我看到的和认定的真正的巴黎女郎！

/ 精神的殿堂 /

人死了，便住进一个永久的地方——墓地。生前的亲朋好友，如果对他思之过切。便来到墓地，隔着一层冰冷的墓室的石板“看望”他。扫墓的全是亲人。

然而，世上还有一种墓地属于例外。去到那里的人，非亲非故，全是来自异国他乡的陌生人。有的相距千山万水，有的相隔数代。就像我们，千里迢迢去到法国。当地的朋友问我们想看谁。我们说：卢梭、雨果、巴尔扎克、莫奈、德彪西等一大串名字。

朋友笑着说：“好好，应该，应该！”

他知道去哪里可以找到这些人，于是他先把我们领到先贤祠。

先贤祠就在我们居住的拉丁区。有时走在路上，远远就能看到它颇似伦敦保罗教堂的石绿色的圆顶。我一直以为是一座教堂。其实，我猜想得并不错，它最初确是教堂。可是在法国大革命期间，曾用来安葬故去的伟人，因此它就有了荣誉性的纪念意义。到了

1885年，它被正式确定为安葬已故伟人的处所。从而，这地方就由上帝的天国转变为人间的圣殿。人们再来到这里，便不是聆听神的旨意，而是重温先贤的思想精神来了。

重新改建的建筑的入口处，刻意使用古希腊神庙的样式。宽展的高台阶，一排耸立的石柱，还有被石柱高高举起来的三角形楣饰，庄重肃穆，表达着一种至高无上的历史精神。大维·德安在楣饰上制作的古典主义的浮雕，象征着祖国、历史和自由。上边还有一句话："献给伟人们，祖国感谢他们！"

这句话显示这座建筑的内涵，神圣又崇高，超过了巴黎任何建筑。

我要见的维克多·雨果就在这里。他和所有这里的伟人一样，都安放在地下。因为地下才意味着埋葬。但这里的地下是可以参观与瞻仰的。一条条走道，一间间石室。所有棺木全都摆在非常考究和精致的大理石台子上。雨果与另一位法国的文豪左拉同在一室，一左一右，分列两边。每人的雪白大理石的石棺上面，都放着一片很大的美丽的铜棕榈。

我注意到，展示着他们生平的"说明牌"上，文字不多，表述的内容却自有其独特的角度。比如对于雨果，特别强调由于反对拿破仑政变，坚持自己的政见，遭到迫害，因而到英国与比利时逃亡十九年。1870年回国后，他还拒绝拿破仑第三的特赦。再比如左拉，特意提到他为受到法国军方陷害的犹太血统的军官德雷福斯鸣冤，因而被判徒刑的那个重大的挫折。显然，在这里所注重的不是这些伟人的累累硕果，而是他们非凡的思想历程与个性精神。

比起雨果和左拉，更早地成为这里“居民”的作家是卢梭和伏尔泰。他们是18世纪的古典主义的巨人，生前都有很高声望，死后葬礼也都惊动一时。1778年伏尔泰送葬的队伍曾在巴黎大街上走了八个小时。卢梭比伏尔泰多活了三十四天。在他死后的第十六年（1794），法兰西共和国举行了一个隆重又盛大的仪式，把他迁到先贤祠来。

将卢梭和伏尔泰安葬此处，是一种象征，一种民族精神的象征。这两位作家的文学作品都是思想大于形象。他们的巨大价值，是对法兰西精神和思想方面做出的伟大贡献。在这里的卢梭的生平说明上写道，法兰西的“自由、平等、博爱”就是由他奠定的。

卢梭的棺木很美，雕刻非常精细。正面雕了一扇门，门儿微启，伸出一只手，送出一枝花来。世上如此浪漫的棺木大概唯有卢梭了！再一想，他不是一直在把这样灿烂和芬芳的精神奉献给人类吗？从生到死，直到今天，再到永远。

于是，我明白了，为什么在先贤祠里，我始终没有找到巴尔扎克、斯丹达尔、莫伯桑和缪塞，也找不到莫奈和德彪西。这里所安放的伟人们所奉献给世界的，不只是一种美，不只是具有永久的欣赏价值的杰出的艺术，而是一种思想和精神。他们是鲁迅式的人物，却不是朱自清。他们都是撑起民族精神大厦的一根根擎天的巨柱，不只是艺术殿堂的栋梁。因此我还明白，法国总统密特朗就任总统时，为什么特意要到这里来拜谒这些民族的先贤。

1955年4月20日，居里夫人和皮埃尔的遗骨被移到此处安葬。显然，这样做的缘由，不仅由于他们为人类科学做出的卓越的贡献，更是一种用毕生对磨难的承受来体现的崇高的科学精神。

读着这里每一位伟人的生平，便会知道他们中间没有一个世俗的幸运儿。他们全都是人间的受难者，在烧灼着自身肉体的烈火中去找寻真金般的真理。他们本人就是这种真理的化身。当我感受到他们的遗体就在面前时，我被深深打动着。真正打动人的是一种照亮世界的精神。故而，许多石棺上都堆满鲜花，红黄白紫，芬芳扑鼻。这些花是来自世界各地的人天天献上的。它们总是新鲜的。有的是一小枝红玫瑰，有的是一大束盛开的百合花。

这里，还有一些“伟人”，并非名人。比如一面墙上雕刻着许多人的姓名。它是两次世界大战中为国捐躯的作家的名单。第一次世界大战共五百六十名，第二次世界大战共一百九十七名。我想，两次大战中的烈士成千上万，为什么这里只是作家？大概法国人一直把作家看做是“个体的思想者”。他们更能够象征一种对个人思想的实践吧！虽然他们的作品不被人所知，他们的精神则被后人镌刻在这民族的圣殿中了。

一位叫做安东尼奥·圣修伯利的充满勇气的浪漫派诗人也安葬在这里。除去写诗，他还是第一个驾驶飞机飞越大西洋、开辟往非洲航邮的功臣。1943年他到英国参加戴高乐将军的“自由法国”抵抗运动，在地中海的一次空战中不幸牺牲，尸骨落入大海，无处寻觅。但人们把他机上的螺旋桨找到了，放在这里，作为纪念。他生前不是伟人，死后却得到伟人般的待遇。因为，先贤祠所敬奉的是一种无上崇高的纯粹的精神。

对于巴黎，我是个外国人，但我认为，巴黎真正的象征不是埃菲尔铁塔，不是卢浮宫，而是先贤祠。它是巴黎乃至整个法国的灵魂。只有来到先贤祠，我们才会真正触摸到法兰西的民族性，她的气质、她的根本，以及她内在的美。

我还想，先贤祠的“祠”字一定是中国人翻译出来的。祠乃中国人祭拜祖先的地方。人入祠堂，为的是表达对祖先的一种敬意、崇拜、纪念、感谢，还有延续下去并发扬光大的精神。这一切意义，都与法国人这个“先贤祠”的本意极其契合。这译者真是十分地高明。想到这里，转而自问：我们中国人自己的先贤、先烈、先祖的祠堂如今在哪里呢？

/ 地铁中的乐手 /

倘若到了纽约，想听听音乐，内行的人一准儿会带你去麦哈顿岛南端那些小咖啡馆。几个黑人，两三件亮闪闪的铜管乐器，一架老掉牙的立式白钢琴，再加上一杯苦味的浓咖啡，就可以领略到地道又醇厚的美国黑人的爵士乐了。

那么到了巴黎想听听当地特色的音乐呢？更好办，不用任何人做向导，去买张地铁票到里边东南西北地转一转吧！

只要随着地铁中的人流走起来，便会自然而然进入音乐之中。你走着走着，便感到音乐出现了，并一点点离你愈来愈近。忽然，在一个拐角处，你看见一位乐手在拉琴。这乐手似乎很瘦，脸有些苍白。但他给你的印象也只是到此为止，因为你被流动的人群裹在中间，很快就会走过去。小提琴如泣如诉的声音在你的身后愈来愈小。不等你识别出这似曾相识的有一点凄凉的旋律出自什么曲目，前边——一个金属般男人的歌声迎面把你笼罩起来。你进了另一个同样动人的音乐空间。

整个巴黎下边全是地铁，它通往城中任何地方。在这纵横交错的地铁通道中，处处可以碰到乐手和歌手。他们往往在两条或多条通道的交口处，有时也在通道中间。大多时候只是一个人，拉提琴，或吹黑管、萨克斯管、风笛，有的连拉带唱，甚至加上一个鼓，连接上带蓄电池的小喇叭，演奏起来极有气氛。偶尔也会有两个人一起演奏，他们用不同的乐器美妙地搭配着。甚至还有三四个人一组，有说有唱，还有伴奏，够得上一支有声有色的小乐队了。他们通常把琴盒打开放在脚前，有的则把帽子反过来撂在地上。过路赶车的人群中，时时会有人一猫腰，把几个法郎放在里边。他们并不一定是被演奏的曲子感动了，才掏这几个钱。全巴黎的人都会这样做，以表示对艺术和艺术家的敬重与支持。而且，也别以为这些乐手都是在卖艺乞讨。他们有的是出于对音乐的爱好，为了让公众共享他们演奏的乐曲；有的则是喜欢这种流浪汉式的自由自在的艺术家生活。他们自娱自乐，当然也需要你的理解与帮助，在他们中间有很棒很棒，甚至很杰出的乐手。

一次，我们乘四路车，在夏特莱站准备换乘一路去往拉·德芳斯。在穿过一个低矮的通道时，有一个黑人乐手挎着吉他，边弹边唱。这黑人沙哑的嗓子粗犷有力，听起来宛如大漠上的飓风。他的吉他也弹得有滋有味。更绝妙的是，他一只脚踩着一个踏板，敲打着一面弹簧鼓；同时，弹吉他的右手的食指上套着一个铁箍，时不时举起来，“当、当”敲两下脑袋上边一根露在外边的金属水管。歌声、吉他声、鼓声和敲水管清脆悦耳的声音，彼此相配，极有节奏感，新奇而又美妙。他声音的感染力、穿透力和演奏时随手拈来的创造力，都表现着一个民间乐手和歌手非凡的乐感与才华。我当时就想，国内歌坛上那些用媒体和电声包装起来的嗲声嗲气的“天王巨星”们，如果来到这位地铁中无名的乐手面前，恐怕连嘴都不敢张开呢！

我遇到一位来巴黎学习音乐的留学生，她说逢到周末常常买张票钻进地铁站。巴黎的地铁很自由，只要你不出来，在里边乘着车可以来回跑上一天。她就一站一站地去听这些民间乐手们的演唱。巴黎是个国际化的都市，乐手也像旅客一样来自世界各地。不用去辨认他们的模样，只要一听乐曲就知道谁是法国人、西班牙人、意大利人、奥地利人、苏格兰人，谁是阿拉伯人、非洲人和墨西哥人。近几年俄罗斯人和东欧人渐渐多起来。那些额头的头发向上翻卷着的小伙子，把挂在胸前的手风琴起劲地一拉，便使我们搞过几十年“中苏友好”的中国人感到亲切万分。在香榭里舍站上，我见过一位中国姑娘坐在那里弹琵琶，她黑黑的披发瀑布一样从额头垂下来，弹得很投入。可是匆匆走着的乘客很少有人停下来听一听。也许这种古老的乐声对于法国人来说太遥远了，不同文化是很难快速沟通的。但她的琴桌上却放着一枝深红色的玫瑰，说不定这是哪位执花去看情人的年轻男子，将手中的花儿转而献给了这位如奏天音的东方神女了。

我相信，把玫瑰放在这里的，一定是巴黎人。

巴黎的地铁简直是一个巨大的网状的音乐厅。地铁的通道四通八达，这些长长的通道便是传送着动听乐曲的管道，上百个乐手分布在各个站口，演奏着他们各自心中的歌。如果他们相遇，相互总要保持着一定距离，当这个乐手的乐曲在通道的某个地方将要消失时，另一种悦耳的歌曲便会及时地送入你的耳鼓。对于那些步履匆匆的乘客来说，如果这支乐曲没有引起他们的共鸣，他们便一掠而过；如果被哪一支曲子打动了，他们便会站下来，欣赏一阵子。那么，人们在地铁中走来走去，不只是为了赶车，也是为了寻找和选听音乐吗？而这些乐手们经常要“转移阵地”，从这个地铁站迁到另一个地铁站，换一换对场地的感觉。

当他们提着乐器上车之后，忽然兴之所至，便端起乐器，即兴地把一支欢乐的乐曲撩人兴致地吹奏起来，整个车厢顿时一片光明。这时你会感到，整个巴黎全是音乐。

所以我说，巴黎的地上是绘画的世界，地下是音乐的世界。

音乐的世界五光十色，在这世界里你会感受万千。也许你的心被工作中的烦恼填满，但乐手们的几个闪光的音符会把你那些沉重的块垒挪开。他们哪来的这般魔力？也许你刚刚失恋，心灰意冷，空无所依，乐手们一段柔情的倾诉便给了你深切的抚慰。这支曲子原本你就熟悉，但它缘何此时竟成了你的深切的知己？

一片欢快的节奏，可以为人助兴，使人奋发，激发生命的活力，终止心中一种黑色的抑郁的漫延；而一支感伤而多情的曲调，使人柔和且敏感，使人珍惜往事，还可以让空泛的心忽然丰富起来，生出一些美好的心境与爱意。音乐比任何艺术都伟大之处，在于它能够直接地进入并参与人的心灵。

于是，这看似寻常的地铁文化，这些无名的民间乐手，实际上处在巴黎生活的深层。这里不是高不可攀的艺术殿堂，却是人间真正的音乐生活的场所；这些乐手不是日月星辰般的音乐大师，但他们可以毫不费力地走进每一个巴黎人的心中。巴黎的地铁已经有一百年的历史，巴黎人每天的生活全都离不开地铁，他们的心灵早与这流动在地铁通道中的乐曲融为一体。你去问一问巴黎人，他们会告诉你，每个巴黎人至少被这些乐手难以忘怀地感动过一次、两次、三次……

/ 拉丁区，我们那条小街 /

如果能在巴黎住上一阵子，一定要选择拉丁区。比如这次我和我妻子就幸运无比，不用我们提出要求，就被邀请我们的主人安排在拉丁区的腹地 —— 苏吉尔街。那天，到机场接站的法国朋友开车拉着我们进入巴黎市区后，穿街入巷，东转西转，一边指着车窗外说，这是康德生前总待在里边的咖啡馆，那是杜拉斯住过的房子。在巴黎的街上只要转一会儿，便会感到和历史丝丝缕缕地纠结上了。这位法国朋友把我们拉进一条又弯又长的老街里，车子一停，说："你们到了。"我下车来前后看了看，再抬头看看房子，很迷惑，我们好像站在了巴尔扎克的小说的某一页里。

苏吉尔街太小太没有名气，地图上连街名都不标出来，但苏吉尔（SUGER）这个人却是法国史上的一个大角色。这位法国中世纪最负盛名的修道士（1081—1151），在世时的权力无人企及。他是路易六世和七世两代王朝的谋士，在国王统领十字军东征时竟摄政管理过国家。然而使我更感兴趣的是，这位手执权棒的人，十分迷恋历史。在封建时代，如果文化受宠于某一位权贵，乃是文化的一种幸运。比如苏吉尔，在他主持修复欧洲最古老的圣德尼教堂（建于630年）时，坚持要保护这座哥特式教堂迷人的古貌，于是修复手段仅以“加固”为之。这一前所未有的古建筑的修复思想，显示了人类在文化上的自觉，成为建筑保护史的一个起点。应该说苏吉尔是人类史上最早具有文化保护意识的人。我忽然想，接待我的主人把我安排在这里，是否为了契合我这些年近似偏执的文化保护的主张与行动？后来我知道，并不是这样。我们住在这里，只是因为我们居住的公寓恰好在这条街上，恰好是一种巧合。然而谁说巧合不含着冥冥中一种未知的暗示？

再说这条苏吉尔街，它不过一百多米。它是一种抻开而舒展的“S”形，但站在路口这端还是看不到路口那端。“S”形的街道总有一种迂回和纵深之感，在街上一边走，那些各色各样的古屋，就一边成双地在小街的两边出现。这些至少一二百年以上的老房子，最高不过四层。首层全是石头的，上边几层才是砖墙。

而且，根据当时十分流行的一种建筑结构力学，这些老房子的首层都是垂直而立，上边几层却逐层向里倾斜。但这样反而造成视觉上的一种错觉——看上去首层像是向外倾倒。整条街似乎都在缓慢地坍塌的过程中。至于这些老屋本身更是苍老至极。有些石头的墙面已经风化，雨水留下许多蜿蜒的槽痕，风儿把建筑上所有的棱角都磨圆，甚至还在许多地方吹出一些洞眼，有的黑黑的像历史留下的一只眼睛，怪诞地与你的眼睛相对视，向你的无知发难。至于那一扇扇古老的门，不管什么样式，一概简朴而笨重，推动起来必须双臂用上十足的力气。门环和门把上的兽头快磨成一个个形象含混的铁疙瘩了。人类的行为是一方面将万物从无到有地创造出来，一方面又把万物从有到无地泯灭掉。当然，人类在这方面的帮凶是时间。年深岁久之后，那种上端呈拱形的最古老的大门，上边的铁饰快消迹在门板中了，有些钉帽儿只留下一排排挺大的“锈红”色的圆点。

阳光不会把这种“S”形的街道整条街同时照亮。每当阳光离开我们的两扇窗户，我马上从窗口伸出头向西边看。阳光正在前边，无限妩媚地把那边的古屋照耀得如诗如画。时间的色彩学是调合。时间会把一切本来反差很大的色彩模糊了、谐调了、中和了。但是阳光的色彩学刚好相反。它偏偏要从万物中找出反差和亮色，强调出来。于是它把这些素雅的古屋所有窗前的花儿全都照亮。红色的、白色的、紫色的，还有旺盛而鲜亮的绿色。这样，古街便从它沉湎的历史中苏醒过来，一切变得生气盈盈。

我们要用最快的速度，把将在巴黎为期两个月的生活建设起来。其实，在这个属于法国人文科学基金会的公寓里，一个学者的生活必需都已十分齐备。包括一套带厨室的房间，还有洗衣房、电脑房，以及小型的座谈间。这公寓也是一座很古老的房子，而且典型地按照法国人的方式改造过，那就是，房子临街的立面包括门窗绝对地原封不动，原汁原味呈现其本来面貌，房子内部却进行“现代”意义的改造。这“现代”即在功能设施方面充分体现现代科技带来的恩惠，第一是舒适的卫生间，第二是通畅的通讯，第三是便利的设施，如电梯、供暖、消防通道和安全系统。这座经过“现代化”的公寓，走廊与共享空间全部使用金属钢架与玻璃，极具现代风格。但在某些局部，比如一小块古老的墙、一段当年的木栏杆、一片昔时的天花板却刻意地保留下来，甚至在老墙前还装了一层玻璃加以保护，玻璃上刻了几行字，说明这座房子的历史与年代。这种类似博物馆的做法，可感地表现出这一建筑空间的时间与文化的内涵，同时还显示了历史所处的尊贵的位置。

巴黎人的一只脚站在优越的现代世界，一只脚仍留在优美的历史空间里。前者享用物质，后者享受精神。这才真正是现代人的享受！

这样，我们只用了两个小时，就把生活安排得饱满丰盈。我们在不远的超市与商店，买来喜爱的食品、佐餐和烧菜的调料，还有一些小用品。依照我们的习惯，对这些日常小用品的色彩挑选得十分严格，我们尽量不叫一块颜色的“噪音”进入生活。妻子还在街头花店买了两束花，一束是黄色的球状的野花，另一束是红边的白月季。这两种花在国内都没有见过。房间内备有筒状的玻璃花瓶。这种花瓶的优点是花儿插在瓶中之后，可以看到它浸在透明的水中碧绿的茎。我们将这两瓶花分别放在茶几与书桌上，新生活便从这花之中开始，我们心里充满了新鲜感和快意。

生活就是创造每一天。

风儿从我们的“S”形的街道中穿过时，划一条无形的曲线，流畅又舒适。风儿舒适时不留下任何声音。所以我们在巴黎睡得又深入又香甜。只是天天天亮前，必有一辆冲洗街道的车大吵大叫地把我们闹醒。冲洗街道是巴黎的传统之一，故此，一些老街在街道的正中央都有一条坡形的石槽，便于流水。但是从来没有人反对这种搅人好梦的水车。倘若谁被这水车惊醒，心里有气，骂这水车野蛮。但清晨出门，在沐浴之后分外洁净的街道上一走，步履轻盈，呼吸清新，心头爽快，不知不觉就会站在“传统”的一边了。

如果哪一天没有活动安排，也不想去博物馆，出门站在苏吉尔街上，我们便面临着两个选择——往西走就会纵入历史街区，往东走便是巴黎闻名于世的那一片名胜的天地。

往东走吧！一出口就来到圣·米歇尔广场。这个三角形的广场很小，前边横着塞纳河。河上一座桥，过桥是西岱岛。巴黎古老的历史一半都在这个狭长的河中小岛上。岛上的建筑如巴黎圣母院、正义宫、圣多佩勒教堂，全都闻名天下，故而天天门前都拥着一群群肤色各异的游客。每一幢建筑的本身，都是一部读不完的历史和讲不完的故事。于是，我们这边的圣·米歇尔一带便成了巴黎的交通枢纽，几条地铁干线在地下交叉着，从这儿直通城中各处。日夜不绝的人流从广场周围的几个地铁站口钻进钻出。于是，一个神奇的事情出现了，圣·米歇尔广场成了情人们约会的最佳之处，自然它也成了浪漫的巴黎的情人们接吻次数最多的地方。

在巴黎的街面处处可见一种灰白色的圆点，它不是鸟粪，因为水车的水也冲不去。它是口香糖的痕迹，据说巴黎有一种口香糖是专用于接吻之前吃的，所以，圣·米歇尔广场一带的地面到处是这种灰白色的圆点。特别是雨后，柏油的路面颜色变深，圆点更加清晰。这白花花一片称得上巴黎最奇特、最浪漫的城市装饰了。

我们穿过广场时，踏着地面上这些动人的斑点，与拥抱接吻的可爱的年轻人擦肩而过，仅仅走了五十米，就来到塞纳河边。西岱岛上的那些历史建筑我们已经去过多次，所以，我们更喜欢在河这边，隔河去细细品味历史创造的这些精致的画面。妻子则更喜欢走下河岸，在下边一条更低的河边小路上散步。在这下边的小路上，更接近汹涌的河水。塞纳河的水又大又急，河中从无两岸的倒影，却有深刻而强劲的水纹在河中快速地驰过。只有在离河水很近的地方，才会有它从心而过的酣畅的感受。

同时，这低岸的小路，鲜有游人，宁静又悠闲。只有孤独的老人，遛狗的女子，享受着爱情的情侣，还有看书的人。偶有一个人边走边说，自言自语，他是一个神经病患者，还是一位诗人？当然，最常见的是架着画板在写生者，他们多半不是画家，写生只是他们的一种生活。

我对妻子说：“我们也来写生吗？”

妻子笑了笑，手指着前边说：“最好的画家是秋天。”

河边的秋树的落叶已经把这小路一片一片地染成黄色，黄得很鲜很亮，连停泊在河边的游船的篷顶也铺了一层黄叶，像花瓣。

无风的天气里，不断飘下来的落叶落得非常慢。我一伸手，竟然捏住一片叶子，像是捏住一只飞舞中的蝴蝶。

一片娇小又夺目的叶子在手指之间。

我们都笑了。这是唯塞纳河边才有的“风景的奇迹”。

尽管我完全不懂法文，每每经过塞纳河边的旧书摊时，总会被它们“粘”住。我喜欢旧书，旧书和新书的意义不同，新书让你进入未知的世界，旧书却常常叫你自愧于知之有限。你会恍然大悟，原来今天奉为神明的那些话，很早很早以前就有人说过。人类创造过的财富一半遗失在旧书里。而且旧书总带着它往日的风采，引起你的怀念。当油墨的芬芳消失殆尽，变黄的纸会散发出一种凝重的岁月的气味。

我唯一能看懂的，是挂在那些漆成墨绿色书箱上的老画片。它们大多是从破损的老书中割取下来的版画，有的年代很久，甚至有18世纪的，已经是古董了。就在我翻看这些老画片时，忽然一个画面闯进眼睛：几个洋兵冲入一间宽大的房子，一些便装的洋人和梳辫子的中国人露出惊喜神情。我马上认出这是一种描绘庚子事变的老画报，一看日期，果然是1900年。我对于珍罕的史料从来不会放过。马上将有相关内容的画报尽数买了。回来找朋友一看，这是1900年前后巴黎出版的一种画报，名为《小画报》。四开纸，彩色印刷，以图为主，伴有各类文章及消息。十天一期，每期两大张，对开十六版。我所买的几期的图画，都是对庚子事件的时事报道。时间由1900年7月至11月。包括《联军攻打总理衙门》、《清兵在黑龙江与俄军开战》、《东北义和团砸教堂》、《德国公使克林德被杀》等，其中一页《联军攻打中国地图》尤为珍贵。这一收获使我高兴了好几天，也使我一连好几天都跑到塞纳河边流连不已，来回来去地逛旧书摊。

有一种说法：全法国的书百分之八十在巴黎，全巴黎的书百分之八十在拉丁区。这说法有理，由于远自中世纪这个区就是学生区，最早的学生说拉丁语，拉丁区之名便由来于此。校园的食粮是书，出版社供应这种纸制的精神食粮，于是拉丁区也是巴黎各类书店和出版社最密集的地区。拉丁区地处巴黎的正中，一种浓郁的书香气味便由这里散布全城。我发现，在拉丁区人们看书的方式很像吸烟，坐着也看，站着也看，在车上也看，在电梯上还看，我还见过一个人一边走一边看书。这是因为这本书太吸引他，还是他太爱看书？他会不会一脚踩空掉进“地沟里”？

我的法国朋友大笑，说：“巴黎没有这种地沟。”

VCD如今在中国已经相当普及，但在法国始终没有流行开来。这大概由于，不少法国人对书的兴趣依旧高过电视。他们不大看电视连续剧，不喜欢快餐文化。菲利普·德莱姆写的《第一口啤酒》那种描写得细致入微的书，之所以在法国畅销，问世当年就再版二十三次，其根本的缘故是由法国人读书的习惯决定的。法国人习惯于这种在文字上有滋有味的咀嚼。可是当这本书被翻译到汉语文化博大精深的中国来，为什么受到冷遇？到底我们被来自港台的商业性的快餐文化弄坏了胃口，还是守旧的法国人在现代化的进程中慢了半拍？

妻子说我最顽固不化的是“中国胃”。我按照我的胃口每次在超市选购食品的结果，总是排骨、牛里脊、大白菜、番茄和菜花那几样。尽管如此，我还是要向法式的“饮食文化”让步。比如，我只有跑到很远很远的十三区的陈氏百货公司一带，才能买到我爱吃的油条和芝麻烧饼。我被迫改用了法式早餐。被迫的结果不一定很糟糕。这一来，我竟迷上了法国的“棍面包”。记得儿时，天津租界小白楼的面包房也烤这种面包。但要想吃纯正又地道的——又脆又软又韧又松又喷香的法式“棍面包”，还得到巴黎来。这也正体现了地域文化所独具的价值。

如果国内有朋友来看我们，想叫我们陪着逛一逛巴黎，那就一准儿要陪他走这样一条路线——出苏吉尔街西口，拐个小弯儿，又走进另一条“S”形的小街。而实际上这小街是由两个“S”形连在一起的，比我们的苏吉尔街多一个“S”。走在这小街里，觉得自己像条鳟鱼那样摆着身子在水溪里曲线地游动。

巴黎的建筑多用灰白或灰褐色的石料，这使小街显得十分的洁净。再加上墙壁老式的风灯，窗子上黑色的护栏，墙里墙外的花树，分外优雅又温馨。巴黎很少有胡同，多是这种小街。小街又长又深又古老。走进这种小街才是真正走进巴黎的生活。

现在，我们走进的这条小街属于一种典型。它的尽头是一道锻铁打造的铁栅栏，栅栏的一半快被簇密的常青藤包上了。栅栏中间的一扇小门却常年开着，它开了九十度，却永远是九十度。它无法关上也无法开得更大，因为合叶部分早已锈死。

走进门是一道小院，左右各有一家。左边一家的门在底层，只有一扇，很小，但很结实，厚厚的木板上钉满粗大的铁钉。当年设计这样一个紧巴巴的入口，是否为了安全？我几次经过这里，这门一直关得死死的，我怀疑是一座空楼。但一天晚上路过时，发现楼上几扇窗里的灯全都亮着，雪白的纱帘十分美丽，我还看见一个女人的侧影。至于右边一户，由一道石砌的台阶一直通上去，入口的门在二楼。油漆剥落的门板上，挂着一个为了欢迎客人而用红玫瑰编成的花环。这种画面我们在巴尔扎克和左拉的笔下都已经看过了。

院子的侧面是一个城门似的拱形的门洞，门洞上端仍是建筑的一部分。穿过门洞，又是一道院。这道院的四面墙上上下下都爬满了藤蔓，楼上的几扇窗子快被枝蔓遮满。他们为什么不除去这些碍事的藤条？

此时入秋，藤叶变黄变红，红的颜色深深浅浅，再美的花色也没有这种秋藤的颜色丰富。我想倘若是我，也一样不舍得把它们剪去。

而此时，透过这些已然萧疏的藤叶，可以看出这道院比前一道院更古老，所有房子一概是石头砌的，宛如古堡。外墙上的雨水管全是铅铸而成，厚如炮筒，虽然管口早已蚀烂，但没有人去把它拆掉。因为巴黎人都知道：历史的生命保留在历史的原件里，历史的美也保留在历史的原件里。

从这道院走出去，另一条横向的街完全是18世纪以前的风格。小咖啡馆是家庭式的，每张小座上一盏台灯，柔和的灯光局部地照亮半张苍老或年轻的脸；地面的石头方砖已经全部被踩成光溜溜的“石蛋”了。一家西班牙艺术品的专卖店里，地面有一块玻璃，里边用灯照着，是一条幽暗的地道。如果你表现出有兴趣，店员会过来告诉你，这地道很深，通着一间牢房，它至少有六百年的历史。

如果你更有兴趣，她会讲给你一个发生在几百年前的可怕的故事。这故事的一半像传说。

当然，这些人都以历史为荣。

巴黎是个只修不改的城市。

它的街道不变，房子不变，门牌不变，如果一幢房子倾圮，便把它的门牌与相邻房子的门牌连起来，如30—32。我所居住的公寓的门牌就是16—18 RNE SUGER，它说明这里曾经还有一座古屋，不知在哪个世纪与我这座公寓合并一起了。故而一封一百年前寄往巴黎的信，辗转曲折，最终也会送到目的地。

哪个城市也能这样与历史通邮？

在我所居住的这个街区里，各种店铺应有尽有。由于拉丁区是学生区，店铺内商品的价钱都不高。没有金店，但有各种风格的首饰店，比如，非洲的、阿拉伯的、埃及的、墨西哥的……女学生们常常会光顾这里。至于饭店多为实惠的小吃，土耳其烤肉、比萨饼、中式快餐，应有尽有，但美国的麦当劳却很少见到。法国人排斥美国式浅薄的快餐文化，那种随餐奉送玩物的商业小伎俩只能讨好有送礼习惯的亚洲人。由于旅游者常常会闯进这种巴黎特有的历史街区，仰着头东看西看，举起相机不断拍照，故此一些古董店也在这里设下罗网。店内的东西是纯正的法国货色。我房后有一家古董店，品位很高，全是古老的家具、绘画、室内饰品与宗教艺术。它不以精致华贵取胜，却以一种岁月的沧桑感吸引人。店主是位老人，西服的款式很老，甚至有些破旧，胸前摇晃的一条怀表链已有些发黑；然而他的气质却十分儒雅，人瘦体弱，动作迟缓，一双蓝色的眼睛柔和而空蒙。他在店中，与他的古董完全风格一致，融为一体，好像他是从某一幅画中走下来的，或者退一步，又回到那个残缺和鎏金的镜框中去。

每每傍晚时分，妻子烧菜煮饭，我就会抽空跑出去，穿过圣日尔曼大道，去一趟王子路上的友丰书店。路不算远，走十分钟，便能在这家驰名巴黎的中文书店中买到当日的中文报纸——《欧洲日报》和《欧洲时报》。这两份报都在巴黎出版，客寓巴黎的华人就靠着这两份报一览天下。

王子路很窄很长，老式的路灯很暗，入夜便很黑。历史上这条街却有许多小型的出版社。书店、旧书店、善本书店以及修理旧书的店铺都很多。这里的咖啡店常常是作家和出版商交谈之处。别看这些咖啡店破旧至极，椅面磨出洞来，但不少大作家成名前都在这种咖啡店里，与出版商在版税上讨价还价，争执不休。如今那些往事与故人都成了这些小店的文化资本。然而在今天的商业文化狂潮和媒体霸权的打击下，人们的文化方式变了，王子街的不少书店和出版社在日甚一日的萎缩中歇业关张，但友丰书店却意外地一枝独秀，在日落之后依旧灯火通明。

支持书店的一是书，二是读者。

在友丰书店里，可以买到华人世界的一切新书。两岸三地，各地热点，此处皆知。于是这家书店便成了巴黎华人文化的一个信息中心。许多人到此一为买书，一为了解最新讯息，以摸清各地文学与社会文化的走向。高行健获诺贝尔奖的那些天，各种看法与说法便在书店随意表达，尽情褒贬。至于平日里，彼此相识的书客，在此碰面，交谈间常常会对某位大陆或台湾的作家作品评议一番，倘若意见相左，还会争论不已。此地此景，颇似沙龙。这样的书店在整个欧洲唯巴黎才有。在柏林，我见过一家“中国书店”，书架上却只见两岸三地的畅销书，言情武打、侦探冒险，供人消遣而已。此外便是一堆堆电视剧的录影带。这只是一种赚钱糊口的小铺子，没有任何文化的意义。然而巴黎的风景就全然不同了。此地汉学的基础原本就十分雄厚，法国人学中文的人向来不少，近年来国内大批学人来法进修，人多势众，成了气候。嗜书和爱书的人都聚到这里来，小小书店就演变成一个文化的磁场。

早在十几年前（1987），我便结识了这家书店的店主潘立辉先生。那年我去比利时参加“布鲁塞尔国际书展”，他从法国驱车到比利时也来看书展。当时他的书店在草创时期。他是生在柬埔寨的华侨，由于一种神秘的文化血缘，他对中文书籍抱有极强烈的兴趣。此后他还出版了我的两本中法文对照的短篇小说集。从卖书到出书，我看出他对书的痴爱。

十几年过去，友丰书店已经颇具实力，在巴黎有两个铺面，两个很大的书库，每天吞吐量高达半吨，自己编辑出版的书已有二百多种。他出书的目的使我颇感兴趣。他从来不出通俗类，显然他不想出书牟利。比如近一年来他出版的《1912至1930年中国摄影集》、《巴黎城市建设史》、《陈建中画集》等，销售起来颇要费些力气。这表明，当他认定了一本书有价值之后，出书主要是表达一种支持。现在国内的私家书商都处在“原始积累的初级阶段”，尚无这般境界。

在友丰的架上，我发现了我的几种书。连我新近在人文社出版的亦图亦文的《画外话》，也已出现在友丰书店。友丰货源的畅通，由此也可想而知。于是我想，下次再访法，不用自己再背一二十斤的书来。而且这两个月里，我在友丰还买了不少大陆以外出版的书，满满装了两箱呢！

一天，我们从西海岸诺曼底地区返回巴黎。当晚我觉得有什么事要办，妻子烧饭时，我便去王子路的友丰书店转转看看，和几位店员聊聊天，然后买了近两天的报纸，还有一些新到的书刊回来。走在路上，我忽然想，在巴黎我已经离不开友丰了，它的意义已经远远地超出了一个书店。

这天，友丰书店的三位店员请我吃饭。这使我很愉快。我感觉我已经和巴黎这家中文书店融为一体了。而且我也很喜欢这三位店员，他们都很有学识：有的一边在书店工作，一边读博士；他们都很懂书，通晓市场；而且一位来自中国大陆，一位来自台湾，一位是法国人。他们三人正好把海峡两岸和中法两国四个方面全覆盖了。

我们在王子路一家印尼馆吃饭。依照法国人的习惯，先饮了11月份第三个星期的葡萄酒。嘴里带着新鲜葡萄又清又甜的醇香大谈拉丁区这里种种文化上的故事。谈到法兰西学院的开放的教育制度，巴黎理工大学的光荣历史，法国人和德国人读书习惯的不同，巴黎汉学界的张三李四，扯来扯去就扯到这一带有一处傅雷先生的“故居”。

傅雷是我年轻时代心中的神。我很想去看他的“故居”。饭后，那位来自台湾的店员余子超先生，便陪我去。这傅雷的“故居”还是他考证出来的呢。

我们走出了王子路，沿着日尔曼大街向东，左拐右拐，终于站在这座楼房下边。在夜幕中这座临街的楼房四四方方，没有任何特色，也没有装饰，大概当年是一座租金很低的公寓。经余子超指点，三楼外角一个黑黑的窗子便是昔日傅雷先生在巴黎居住的房间。傅雷先生1928年到巴黎，先住在郊区贝底埃镇一户人家学习法语，半年后到巴黎大学上学时，便住进这座楼。这座楼属于青年会，住过不少留法的中国学生。现在它依然是一座外国学生招待所。然而今天无论是法国人还是中国人，没人知道这是中法之间一座精神桥梁的伟大的建造者的居所。余子超说，首先中国人应该在这座楼上挂个牌子来纪念傅雷。于是我记下了这个地址：

3, RUE CLEZ CANMES

（卡尔曼街三号）

可是我又想，这牌子由谁来挂？我对谁说？

每个地方的气质，都会在某一个特定的日子分外突出地散发出来。有的是在一个纪念日，有的是一个风俗的节日。比如我的家乡天津独有的气息在大年三十表现得尤为强烈。那么，我们客寓于巴黎的拉丁区呢？在周末！

每逢周末我们都会深深感受到拉丁区的气息。

一俟周五的晚上，所有餐馆、咖啡店几乎都被放了假的学生们所占领。街头的咖啡店几无虚席，巴黎咖啡店的小桌的直径只有六十厘米，这种店只要人满，全是“挤成一团”。但是巴黎人太习惯在狭窄的空间里享受生活，连爱丽舍宫的国宴上每个人的座位规定也只有七十厘米。据说这样一来，人们必须收臂耸肩，腰板随之挺起，显得精神昂然。而吾国的会场都是大椅子、软靠背，容易东倒西歪，乃至呼呼入睡。

周末的拉丁区，到处是年轻人，他们把重负一般的学业扔在脑袋后边，所以人人的神气都很休闲，男男女女有说有笑。于是，艺术家们纷纷来到街头，把人们的兴致和生活的情感全都发挥出来。

只要艺术家高兴，他们就会站在街心连唱带跳。那种人多的小街，自动变成了步行街，很少有车行驶。然而这些演出没有固定的地点和时间，全凭艺术家们的随心所欲。如果你在街上遇上一个高超和绝妙的表演，那完全是一种运气，找也找不着，不找却碰到。拉丁区的生活充满了快乐的机遇。

有一天，我们在一家老面包房买面包，出来碰到一位艺术家。他骑一辆轻便摩托，车上绑着旗子、木枪、鸟网，并插满很大的棕树叶子。他的打扮使人想到当年在越南打仗的法国兵或美国兵：一身老式军装，军用太阳帽，上上下下也挂了不少树叶，似是防空伪装。他手拿一个苍蝇拍，见有人从身边走过，就朝肩膀和后背“啪”地打一下，像是拍打蚊子。后来，见人围观，索性下车，寻到一个路人，便用蝇拍追着打。打得并不用力，只是一种表演或一种玩笑。围观的人谁笑得厉害，他就过去拍打这人。后来，过来一辆汽车，他跑到车前把车拦住，并打手势叫车上的人下来，他要为他们清除身上的蚊子。车上的人只是笑，却不下来，他就一扭身坐在车头上。车上的人也和他开玩笑，开着车缓缓往前走。他便坐在车头挥着蝇拍神气十足地表演一番，才跳下车来。车上的人一踩油门，大笑而去。

我与一位法国友人谈起这事，他说可能是讽刺当年法国兵在越南的行动。他说，在现在的年轻人看来，当年法国人在越南做的事，无非是打蚊子罢了。当谈到这种表演形式，他说这是一种现代戏剧吧，又像是一种行为艺术。不过，他说他没见过。拉丁区的艺术千奇百怪。某一个人见过的，可能这人所有认识的人都没见过。

然而不要以为拉丁区文化只是表面上的千变万化。一天夜里，我们从阿蒙区一位朋友的家中聊天回来，天下着很密的雨。在拐向我们的苏吉尔街的丁字路口时，那个早已关了门的小杂品店的房檐下，一个人拉着提琴。这乐曲很熟，但一时想不起是谁的曲子了。曲子本来就是伤感的，但他拉得很深切，肯定他把一种内心的东西放进去了。尤其在这带着寒意的秋雨中，琴音裹在雨声里，便分外地动人心扉。我第一次听到这种混合着秋雨的感伤的曲调。在黑乎乎的屋檐下，只能看到他的身影与轮廓。他不是一个街头艺术家，他更不是在表演，他一定也居住在这一带，一定被一种情感折磨得夜不能寐，跑到这细雨街头尽情地抒发出来。

这才是拉丁区最深的，也是最日常的一种生活。

可是当我们看到这一幕时，已经该整理行装打道回国了。

回国数月后，一次与妻子聊天中谈到巴黎，谈起在巴黎的那些日子，我忽问妻子："如果再去巴黎，你最先要到什么地方看看。"

她好像不假思索地说："拉丁区，我们那条小街。"

我笑了，点点头。这也正合我意。我感觉我们和拉丁区已经丝连一起。但我不知道——到底是拉丁区已经在我的心里生根，还是我们的心在拉丁区里留下了一些依然活着的根须。

/ 居住在拉雪兹的大师们 /

前年访法时，去到巴黎近郊，拜谒了我向往已久的巴尔扎克故居。我当时真的觉得无形的巴尔扎克依旧在他的故居里走来走去，趴在那张极小的桌子上写作，喝着苦咖啡，或者在窗户后边窥视上门讨债的债主们。我甚至感到一掀窗帘，胖大的巴尔扎克就在帘子后边……于是我发现故居可以保存着它已然久别的生命。我写了一篇感怀之作，题目叫作《活着的空间》。可是，我又觉得还有一个更实在的“生命”在什么地方。后来我明白了，我应该去看看巴尔扎克的墓地。因此，这件事便成了我这次访法的目的之一。

你问巴黎人巴尔扎克在哪里，无人不知他就在巴黎最大的公墓——拉雪兹神父公墓中。

拉雪兹神父公墓是巴黎最古老的墓地之一。墓地原本都在城市的边缘，但随着城市的发展，它渐渐就陷入了城市的腹地。由于这里花草繁盛，林木成荫，它便成了巴黎最大的一块绿地。

在墓地的入口处，看守人给了我们一份地图。一看地图，一惊，这哪里是墓地，俨然就像一座城市！它总共竟分了九十七个区。各区之间有挺宽的大路，区内有横斜交叉的小路，四周还有环形路。每条路上都有路牌，牌子上标明区号，甚至还有道路的名称。从整体上墓地分为老区和新区。老区内多为古墓，新区皆为新坟。老区路径曲回，幽雅深邃；新区道路通畅，横平竖直。连格局与结构也颇似一座城市。然而，这是死者的城市。这里的“居民”，永远不会迁移，不再增长年龄，他们在这里享受着人间绝对没有的东西——永恒。第一位埋葬在这个墓地的死者的下葬时间是1804年，从那时至今已有一百多万人。这些历史的死者大都集中在老区，据说老区一些地方的坟墓有上下数层，有的一家十数代上百人全埋在这里。

巴黎人生活在城市各地，死后不少人便搬进拉雪兹来。只有来到这里之后，才是永远定居于巴黎。想一想两个世纪以来，多少巴黎人长眠于此？每个人死去都如同关上一扇门。每扇门闭锁着一个无言的秘密。那么，这巨大而沉默的“城市”里恪守着多少人间的秘密？它不正是一部无字而真正的人间历史么？

此刻，秋天已经进驻巴黎的拉雪兹来。树木变成了三种颜色：三分之一的树木变成金黄，三分之一的叶子鲜红如火，三分之一的大自然依旧坚守着生命的绿。于是这墓地斑斓的秋色胜过花季的夏天。有的墓地被片片红叶鲜亮地点缀着，有的石棺上松软地覆盖着一大片纯黄的叶片。秋枝疏阔，日光下斜，影布墓地，分外美丽。一座座式样不同的坟墓，一件件题材各异的雕塑，不少出自名家之手。在光影斑驳中，这艺术化了的墓地便接近了天堂。

按照地图上的标志，我们去找巴尔扎克。途中碰到了三位老相识。他们是诗人缪塞，还有画家大卫和德拉克洛瓦。这三座坟墓全都极其古朴，毫不华贵。大卫把他对《拿破仑一世的加冕礼》豪华瑰丽的想象，德拉克洛瓦把他在《1830年7月28日的自由女神》和《萨丹纳帕路斯之死》中洋溢的激情，全留在卢浮宫了。当他们躺在冰冷的石棺里，并没有给自己留下什么。如果非问他们把什么留给自己，那就去问缪塞吧！他也许会告诉你，他心中仍旧郁结着当年与乔治·桑决裂后的痛苦。可是——他不是已经把这深深的痛苦倾注到诗篇《夜歌》和自传体小说《世纪儿忏悔录》中了吗？不，作家的作品并不是写给自己的。他不过是把个人的痛苦酿成蜜，作为献给世人的精神礼物罢了。在这里，最有象征意味的是德拉克洛瓦的墓地。一口黑色的铁棺放在一座简朴的石台上，前面一道铜绿色的铁栏，此外再没有什么。没有墓碑，没有生卒年月，任何装饰也没有，只在黑棺上用金色写着他的姓名 EVCVE DELACROIX。设计者很清楚，此外不用再写什么，因为他名字之外的一切早在人们的心中了。

临近黄昏的阳光斜射在巴尔扎克的墓地上，并且恰好从侧面照耀在一尊巴尔扎克的雕像上，使这里的一切光彩焕发，生气盈盈。我想，难道“老天”知道我的巴尔扎克情结，知道我能背诵巴尔扎克小说的一些片断，甚至知道我在“文革”中的拮据中，曾剪掉一件蓝上衣，来制作被红卫兵撕毁的《欧也妮·葛朗台》与《于絮尔·弥罗埃》的封面？可是，心怀巴尔扎克的何止我一个，看啊，这墓前雕像的台座前满满地堆放着瞻仰者们献上的鲜花。

一个伟大的艺术家的坟墓，必然与鲜花同在且永在。

从巴尔扎克雕像台座的铭文上得知，与这位作家一起合葬的还有两个女子。

一个是巴尔扎克终生所爱的女子。但这女子有丈夫。巴尔扎克等了她二十一年，直到她丈夫死去，才与她结婚。但婚后仅仅一年，巴尔扎克便离开了人世。另一女子，则是他这位妻子与前夫所生的女儿。

这简单的铭文给我们多么辽阔的想象空间。其中的苦乐悲欢，只能任凭我们去猜想。艺术家创造了无数令人关心的人物，最终换来的是人们关心他的本人。那么，谁说死亡是一种永恒的寂寞？

在拉雪兹，不少人都在沿着地图上的路线，去一座座寻找自己的“心灵的朋友”。我们从中找到了画家安格尔和毕沙罗，音乐家肖邦，作家都德、莫里哀、拉封丹，等等。同时我发现，我所拜谒的这些人类文化史上巨匠们的墓地，全是出奇的简朴与寻常，又都堆满了鲜花。于是我每每看到一个墓地平平常常却摆着许多鲜花时，便要上前看一看墓碑上的姓名——那一准儿是曾经卓有贡献的诗人、艺术家、医生、建筑师、科学家、数学家和政治家，等等。简朴的墓地与繁盛的花，构成多么崇高的境界！

在老区内，道路两边的坟墓比较拥挤，靠里边的墓碑不易看到。在一条小径上，我看到一座坟墓设计得非常奇特。由于它在里边的一排，又被外边高大的墓碑所遮挡，在外边看不到墓地的正面。它就在墓室的一角削出一个狭长的平面，作为墓碑，这样一来，便使人们刚好从前排墓碑的空当中看到了它。这墓碑很简单，只镶着很小的一面墓主人的浮雕头像，刻了三两行铭文，显得尴尬又无奈，但墓碑却被瞻仰者敬献的鲜花围了起来。我过去一看，墓主人竟是写过《最后一课》那篇伟大的短篇小说的作家都德！

然而，这正是都德的最真实的生前与死后。它叫我全看到了！

为了寻找意大利画家莫第里安尼的墓地，我们走了很长的路。最后在意大利侨民专用的墓区内找到了他。同样的，我们远远就看到了——一大片鲜红的花簇拥着一口简易至极的石棺。这里，有一个女子正在清扫墓地。正是由于这个女子，使我对莫第里安尼有了新的了解。这女子说，莫第里安尼像凡·高一样死时不名一文，是他一个在意大利当议员的哥哥出钱把他安葬在了这里。然而物质上贫困如洗的莫第里安尼并不缺少爱。在他死后的第二天，他的爱妻怀着他们的孩子跳楼自杀。他们的爱情十分壮烈，胜过了罗密欧与朱丽叶！现在这墓中就葬着这一对至死不渝的爱人，还有他们未出世的孩子。这位扫墓的女子说，莫第里安尼才算得上一个真正的富翁，因为他有人生中最重要的两样，一是爱，一是美。

她说得真好！

这位扫墓人与莫第里安尼非亲非故，她只是他的崇拜者，每年三四次来清洗和打扫她心中的这块圣地。当然像她这样虔诚的崇拜者无以数计，天天来自世界各地，在拉雪兹这个坟墓的汪洋中找到长眠的艺术大师。石棺的棺盖上除去刻着有关画家的铭文之外，还放着一个很大的铸铁花盆。扫墓的女子说，盆中鲜花，四季不断。她说这话时，充满一种自豪之情。这时，我们发现，棺盖上还放着一些很小的纸块，颜色不同，纸块上边有的写一句话，有的画一颗心，或一个酒瓶，用石子儿压着。这是瞻仰者心有所感时，以此来表达的。其中还有一个浅蓝色的小纸片，写满了字，密封在一个塑料袋里。显然这是对画家一种私密性的“心灵的倾诉”了。这使我们很感动。我们不由得从地上的落叶中选了一片，金黄色，心形的，在上边写了一句“爱你的中国人”，签上我们的名字，还有2000年10月17日，然后也用一颗石子儿压在棺盖上。写在叶子上的信息能够穿过石棺传进去吗？这墓地上圣洁的气氛，使我觉得，一定能够！

拉雪兹神父墓地也是巴黎人的一种生活。这种生活意味无穷，这生活还将一直延续下去，因为墓地生活永远是人间生活的续曲。

/ 人类发明机器屠杀自己 /

从亚眠到里尔所经过另一个昔日的战场——索姆河战役遗址，是我计划中要看的。在同一个地方，先后经历过两次世界大战。尤其是1916年第一次世界大战中，同样是人类史上最残酷的杀戮之地。交战双方共死伤一百三十万人，却没有胜负。两次大战的战场竟然鬼使神差地在这里相互重叠，交战一方又都是德国人。它注定是几十万德国男儿的葬身之地？

当然我首先还是要看这里的博物馆。它在庇卡底地区的阿尼塞。这个名为"索姆河防空洞博物馆"十分特别，从一个门前摆着两门火炮的小门洞进去，沿着一条长长的阶梯一直走下去，便会发现整座博物馆像是在几条被加盖封闭的战壕里。一钻进这"战壕"便像进入时光隧道，重返一百年前那场恶战的真实中。战壕两边堆积的沙袋都是原先的遗物。用手摸上去硬邦邦，似乎已经石化了。战壕泥土里还有昔时的炮弹壳、罐头罐、怀表、徽章、刺刀、烟袋、眼镜、饭盒、酒壶、望远镜、杯子、绷带、靴子、书本、《圣经》、军服、钢盔等等，历经百年，全都破了烂了锈了朽了碎了。它们的主人多数早已战死，被掩埋大地之下，早被遗忘。墙上挂着的照片与图表，柜里的文献和相关文物，阐述着那场战争的背景、攻防计划、时间与兵力，以及从头到尾的无法改变的全过程。一些用实物与蜡像呈现出来的一个个的具体的战争场景，再现着历史。西方这种博物馆是一种具象的历史档案；不渲染更不煽情，走到这博物馆的最后，便是一条空空的战壕，只有石块、沙袋和铁网，以及用音响播放的震耳的炮声——这声音是当时战场的录音，也是一种遗产；墙上地下潮乎乎渗着水。为了使人感受到战争的真实，因为现代的博物馆观念之一是身临其境。

盘距在索姆河有利地形的是德军，攻方是协约国的英法联军。正式进攻是1916年7月1日，第一天就有六万英军阵亡，从而拉开这场人类历史上屈指可数的最惨酷的战争的序幕。战争一直进行到欧洲多雨的11月，沼地遍布的战场布满泥泞，双方在胶着与无奈中熄灭炮火。德军伤亡五十三万人，英法联军伤亡七十九万人。没有绝对的胜利者。那么为何而战？

在这场战争中最具风头的是两种武器。德国的MGO8式马克沁重机枪，使成千上万英法士兵成为战地的野鬼孤魂；再有便是英国人发明和制造的十八辆坦克首次登上战场，发挥了巨大的震慑力和威力，当时有人说这些武器的出现可以结束和制止战争，但更残酷的战争恰恰从这里开始，它将人类带入重型机械化杀伤武器的新时代，促使重装备武器的蓬勃发展，直接致使二战更大的杀伤力与残酷性。

这是武器的负面，还是人性负面的使然？

怎么去重新理解古人那句“兵器乃凶器，圣人不得已而用之”？

1916年一战期间的索姆河战役，英军首次使用的坦克是十八辆，到了1942年二战战场上横冲直撞的铁甲坦克竟达到数十万辆。日本开到战场的坦克为五千三百辆，德国超过一万辆。人类没有从这些新武器的残酷中得到教训，反倒从中看到了它的制胜作用，看到了军火工业的商机，正像二战中美国人在广岛和长崎投下的那两颗原子弹，看似结束了二战，实际上激发了世界的核竞赛。尽管所有人都看到这种武器竞赛的终极是人类的自我灭亡，却谁也不可能停下来，停了便是先灭亡。人类是否进入了一种自我毁灭的怪圈不能自拔？

诺曼底到索姆河真是一片灾难的土地。它留下的面目疮痍至今历历在目。从1916年到1940年虽然仅有二十多年的间隔，人类应该记取的教训何在？为此，我时时会感到文明的脆弱与悲哀。单纯面对文明时，我们会感到文明巨大的价值，它的神圣与强大；但在索姆河这片辽阔又悲哀的土地上，却连它的影儿也看不到。人类最终会这样轻易地抛开与泯灭自己的文明吗？

然而，我又时时提醒自己别忘了人性的弱点与谬误。人性有贪婪有私欲——即有恶的一面，就要警惕恶的发作。

我写过："历史有些顽疾会发作，必需不断吃药才能制止。"

文明不管是强是弱，有它的存在才不会绝望。因而我每每看到发动二战的德国人低下头甚至跪下来深致悔意，就会对他们生成一点尊敬。所以我欣赏一句话：跪下来的德国人比站着的日本人高大。

/从奥斯威辛到诺曼底/

从卡昂的诺曼底战役和平纪念馆走出来，我心里有句话：世界上有两个历史博物馆应该连起来看，前一个是波兰的奥斯威辛集中营，后一个是法国纪念诺曼底战争的和平纪念馆。前一个是邪恶统治下的世界，后一个是人类正义的反攻。

奥斯威辛集中营博物馆建在原址上，但这“建”字上没有半点添加。当年纳粹从欧洲各地押解来的成千上万平民、犹太人、抵抗者与战俘的列车停靠的车站，荒草中成排的牢房，令人发指的“杀人工厂”，一切如旧，没有渲染，只有实景实物才能证明历史。除去大批大批由死囚手里和身上夺下的假发、假肢和孩子的布娃娃与玩具，还有三个细节令我刻骨铭记，至今难忘。

一是纳粹强迫成批的囚犯集体脱光衣服后进入的一大间“浴室”。这间浴室的天花板上有许多光秃秃的水管的管口，说是用来放洗澡水的，实际是放毒气，将囚犯无声地杀掉，然后将尸体运进一排排黑色的卡车一般大的焚尸炉中烧掉。

这管口已经锈烂，但含着杀气，令我胆寒。

二是集中营一间间四四方方牢房的墙上写满各种文字，都是囚徒们最后的遗言。那些离地只有一米来高的字，是孩子们写的。这使我想起那本令人心碎的书《安娜·弗兰克日记》里边的话。忽然我从墙上发现一些白道道，好似用什么尖利的器物乱画上去的。博物馆的工作人员告诉我，这是一个绝望的女人内心疯狂时尖尖的指甲留下的抓痕。

我马上想起肖洛霍夫在小说《一个人的遭遇里》中的那句话："它像一个柔软而尖利的爪子抓住我的心。"

三是一张照片。照片上一个全裸而十分美丽的女子斜卧在雪地上，她死了，眼睛却没有闭上，空洞地向前望着，望着人类的良知。

面对法西斯暴行，我相信天理不容。

但是，人的问题只有人自己解决。天理要人自己来阐明。

于是，诺曼底战役和斯大林格勒战役——这是20世纪中期人类走出这场空前的悲剧的伟大历史转折。

和平纪念馆远看像一块横卧在大地上城墙般灰黄色的碑石，平整异常，没有装饰。中间裂开一个黑色的巨缝，像是炸开的。从这裂缝可以走进六十年前惨烈的时空里。

大厅墙上写着一行大字：

向那些为人类的自由与和平而牺牲的战士致敬。

且不说纪念馆极其丰富的实物细节、珍贵的照片、文献与影像，也不说它如何确切地将诺曼底登陆的全过程清晰地再现出来。一部只有二十分钟的短电影比任何票房数亿数十亿美元的大片都令我心灵震撼。

这部影片没用任何虚构，没有解说，也没有配乐；全部是诺曼底战役中交战双方战地记者实况拍摄的影片。银幕一分为二。左边是盟军，右边是德军，一攻一守，分别展开，同步进行。交战双方从准备、行动、攻防到登陆与阻击、冲锋与堵截、炮战与空战、中弹与死难、胜利与撤退、伤员与俘虏、烈火与硝烟、瓦砾与废墟，一起冲入眼睛。快速而短暂的蒙太奇与战场上巨烈而真实的射击、轰炸、车履与嘶喊的声音扰在一起，从头到尾便是诺曼底登陆并最终告捷的全过程。

影片结尾时，银幕上这两个画面渐渐从中分开，中间插入一连串的画面是平静而漫长的诺曼底海滩，伴随着忧伤又沉郁的音乐。层层潮汐冲刷的海滩向前无尽无尽地伸展，然后是一片又一片草原上一排排整齐、雪白和十字架形状的墓碑。这画面这音乐一直在我心里。我坐在车里。那密密的一排排墓碑又跑到车窗外，这正是至今完好地保存着的诺曼底战场与一片片烈士墓地。我想——

诺曼底战役盟军总共出动近三百万兵力，牺牲了十二万人！这些年轻的生命最终是为解放奥斯威辛牺牲的。

如果这样人类就能洗去了自己的罪过，永不再来，这场战争才是一次真正值得的伟大的生命支付。

维也纳生活

/ 浪漫的灵魂 /

外国记者几乎无所不问。一位加拿大记者问我：“你对女孩子感兴趣吗？你能举出三个给你特殊印象国家的女孩子加以评论吗？”

我先告诉他，给我印象最美的是波兰的女孩子。我住在波兰的卢布林大学时，常常坐在矮矮的石墙上，欣赏着那些在校园里走来走去的女孩子们。虽然她们的神态各异，但都是那么善于打扮自己，还以美好的气质表达她们良好的素养。如果发现你在注意她们，便会对你莞尔一笑，表示好感。大多数波兰姑娘都是金头发，那每一张脸儿都像镶在金色镜框里的一幅幅动人的画儿。

接着我又说，最没有给我留下印象的是意大利的女孩子。意大利简直就是人类的艺术宝库，米开朗基罗、贝尔尼尼、切利尼等等那些艺术大师举世闻名的作品就在大街上，比比皆是，谁还会注意她们？意大利女孩子对于我是一片空白，或者说是一片空白的梦。

这印象够特殊的吧?

最后我告诉这位对女孩子分外好奇的记者说,给我印象顶特殊的要算奥地利姑娘了。别看她们并不漂亮,甚至有点死板,但个个灵魂却很浪漫。

“为什么?”他逼问我。他不明白。

要想弄明白这些姑娘,先得弄明白这个国家。

从表面看,奥地利连20世纪也没进入。在维也纳很难看见一座现代化高楼。他们鄙视现代建筑的单调,缺乏历史,没有人文内涵;反过来自然就崇尚于过往的哈斯堡王朝那种高贵的古典精神。如今,它是世界上最爱用名片的国家之一,因为名片上标示着身份与地位。我认识一位诗人,他的名片的头衔不是诗人而是某某亲王后裔。这可笑的做法,叫你感到昔日的帝国依然顽固地活着。

最生动地给你这种“帝国感”的是那些老妇人。她们带着迟暮人生的阴影而面容沉郁,脖子下边像火鸡那样松垂着皱巴巴的皮肉,手指上套着绿松石的大戒指,臂弯里挂一个抽带的丝织手袋……如果这时坐在道边的年轻人伸腿挡了她的路,她决不会绕开走过去,而是站着不动,直等这年轻人收回腿,她才过去。她脸上什么神情也没有,却已表现出对那些缺乏教养者的彻底的轻蔑。如今这世界上,哪里还能看到这地道的贵族式的傲慢？这是由于历史不竭的魅力，还是对历史过分的神往与沉溺？

在这种浓重的历史文化氛围里成长起来的奥地利姑娘，最灿烂的向往仍旧是依照老传统在新年之夜到国家歌剧院跳一次华尔兹舞。票价的昂贵和购票的艰难自不必说，能够在做姑娘期间跳上一次便是终生的满足。因为这满足也是一种终生的难忘。她们一律要换上典雅而奢华的白纱衣裙，自我感觉像仙女，或像天鹅。音乐一起，便随同那些穿黑色燕尾服的男士翩翩旋入施特劳斯的漩涡里。一时，整个剧场，数百个雪白的漩涡一齐转动，场面壮美又神奇。音乐是非现实的声音，又是从现实升华出来的美的精灵。此刻，这些忘乎所以的姑娘们骄傲地觉得——她们才是那精灵的化身呢！

倘若在这新年之夜，你来到维也纳的国家歌剧院，准会大吃一惊。谁说奥地利姑娘死板，谁说她们容貌平平？这样优雅，这样美丽，这样浪漫！难道有人给她们施了魔法？

我明白了，音乐通过灵魂能够改变人的一切！

奥地利姑娘属于音乐，奥地利人全都属于音乐。在这个国家任何一个小酒馆里，你只要随口一唱，立即会有人随你同唱。这个连呼吸都带着音符的民族，对那些不会的歌儿，唱上几句，也能跟上。而且他们唱起来就不会停住，一支歌儿接着一支，兴致愈来愈高。最后招来一场载歌载舞，整个酒馆的人，男女老少，连同老板伙计，唱得兴高采烈，个个眸子发亮，脸蛋绯红，手舞足蹈。你别以为他们多喝了酒。奥地利的音乐和歌，比酒更能使人忘乎一切。

那么，前面所说的那些古板的老妇人呢？她们是无动于衷地站在音乐之外的人吗？当然不——

维也纳森林边缘有条小路，它紧挨着贝多芬的一处故居，据说贝多芬曾经常在这小路上散步，那首著名的《田园交响曲》还是从这里获得灵感的呢。这小路就被称做“贝多芬小道”。它是维也纳的老人常来散步的地方。自然也时时能碰到那种模样像贵族的老妇人。

这条弯弯曲曲柔软的乡间小道，一边是繁花簇拥着的尖顶木屋，一边是潺潺清溪。走在这道上，真有种别样的清新与轻灵。从树间筛下来的光斑，在地上微微晃动；偶尔一丝风儿，带着这种或那种花的气味；路边溪水的声响，忽轻忽重，忽而含糊……尤其那些不知名的鸟儿，在房顶、在天上、在树叶间，一呼一答，或发出一长串铃儿般的鸣唱。一些不成形的音乐片断若有若无地闪动，美的精灵出现了。瞧，那漫步走过来的老妇人忽地停住脚步，引颈侧耳，怎么？她听见了贝多芬遗落在这里的几个音节。你再看她，原先那古板之气一扫而空。她烁烁的目光告诉你，她的灵魂已然不可遏止地浪漫起来！

这是个多有趣的民族！它叫你明白，行为的浪漫不过是表面的波澜，真正的浪漫是灵魂的浪漫。它来自音乐，因为一切艺术都是灵魂浪漫的成果，而守矩的灵魂不会产生伟大的艺术。

/维也纳生活圆舞曲/

清早醒来，不睁开眼，尽量用耳朵来辨认天天叫醒我的这些家伙们。单凭听力，我能准确地知道这些家伙所处的位置，是在窗前那株高大的七片叶树里边，还是远远地站在房脊和烟囱上。当然，我不知道这些家伙的名字。我的家乡决没有这么多种奇奇怪怪又美妙的叫声，我的城市里只有麻雀。

有一种叫声宛如花腔女高音，婉转、嘹亮、悠长，变化无穷，它怎么能唱出如此丰富而不重复的音调？后来我在十四区博物馆听鸟儿们的录音时，才知道这家伙名叫 AMSEL。它长得并不美。我在闭目倾听它的鸣唱时，把它想象得美若彩凤。其实它全身乌黑的羽毛，一个长长的黄嘴，好似一只小乌鸦叼着一支竹笛子。

我发现，闭上眼睛时，声音会变得特别清晰和富于形象。有一种叫声像是有人嗑牙，另一种叫声好似老人叹息，声音沙哑又苍老，但它们总是在很远很远的地方。还有一种鸟叫得很像是猫叫。一天，它一边叫，一边从我的窗前飞过。我幻觉中出现一只“飞的猫”。

一位奥国朋友称这种清晨时鸟儿们的合唱为“免费的音乐会”。参加这音乐会的还有远远近近教堂的钟声，我闭目时也能听出这些钟声来自哪座教堂。从远方传来的卡尔大教堂的钟声沉雄而又持久，来自后街上克罗利茨小教堂的钟声却清脆而透彻。小教堂钟声的加入，常常使这“免费音乐会”达到高潮。然而，每每在这个时候，从窗子里会溜进来一股什么花香钻进我的鼻孔。

五月里的维也纳是“花天下”。

家家户户挂在窗外的长方形的花盆全都鲜花盛开，绚烂的颜色好像是这些家庭喷发出来的。许多商店用彩色的花缠绕在门框上，穿过这门就如同走进花的巢穴。按照惯例，城市公园年年都用鲜花装置起一座大表，表针走得很准时，花儿组成的表盘年年都是全新的图案。今年，园艺家们别出心裁，还在公园东北角临街的一块高地上，用白玫瑰和冬青搭起一架芬芳的三角琴。于是，维也纳的灵魂——音乐与花，全叫它表达出来。

古城依旧的维也纳，也很难找到一条笔直的路。

开车在这些弯弯曲曲又畅如流水的街道上跑着，两边的景物全像是突然冒出来的。或是一座宁静又精雅的房舍，或是几株像喷泉一样开满花朵的树，或是一个雕像……这是行驶在笔直的路上绝对没有的感受。而且，跑着跑着，很容易想起音乐来。在这个音乐之都中，最重要的并不是到处的音乐会，到处的音乐家雕像与故居，而是你随时随地都会无声地感受到音乐的存在。所以勃拉姆斯说："在维也纳散步可要小心，别踩着地上的音符。"

有人说，真正的维也纳的音乐并不在金色大厅或歌剧院，而是在城郊的小酒馆里。当然，卡伦堡山下的那些知名的小酒店的乐手们过于迎合浅薄的旅游者的口味了，他们的音乐多少有点商业化。如果躲开这些旅游者跑到更远的一些乡村的"当年酒家"里坐一坐，便能够体会到真正的维也纳音乐。坐在长条的粗木凳上，一边饮着芳香四溢的当年酿造的葡萄酒——那种透明的发黏的纯紫色的葡萄酒更像是葡萄汁，一边咬着刚刚出炉、烫嘴、喷香而流油的烤猪排——那是一种差不多有二尺长很嫩的猪肋，忽然欢快的华尔兹在你耳边响起。扭头一看，一个满脸通红的老汉，满是硬胡荐的下巴夹着一把又小又老的提琴，在你身后起劲地拉着。他朝你挤着眼，希望你兴奋起来，尽快融入音乐。一条短尾巴的大黑狗已经围着他的双腿起劲地左转右转。整个酒店的目光都快活地抛向他。音乐，是撩动人们心情的“神仙的手指”。这才是维也纳灵魂之所在。

曾经疆土极其辽阔的奥匈帝国已然灰飞烟灭，它使得今天的奥地利人在心理上难以平衡。他们一边酸溜溜地感叹着往事不堪回首，一边又要矜持地守卫着昔日的高贵与尊严。这也是维也纳古城原貌得以保持的根由之一。至今，那些古老建筑依然刷着王公贵族所崇尚的牙黄色的涂料。奥地利人和意大利人在保护古城上的想法全然相反。意大利人绝对不把老墙刷新，让历史的沧桑感和岁月感斑斑驳驳地披在建筑上，他们为这种历史美陶醉和自豪，在罗马、佛罗伦萨、西耶那，连墙上的苔藓也不肯清除掉；但在奥地利，每隔一段时间建筑要刷新一次，他们总想感受到昨日的辉煌。于是，在维也纳城中徜徉，真的会觉得时光倒流，曾经威风八面的哈斯堡王朝恍惚还在——特别是背后响起旅游马车驶过时“嘚嘚”的蹄声。

在维也纳最没有改变的是它的节律。

看着维也纳人到处光着膀子躺在绿地中央睡大觉，或是在街头咖啡店一坐就是几个小时，或是开着车去到城外泡在湖中，无法想象他们怎么工作或靠什么活着。

如果计算走路的速度，日本人比奥地利人至少快五倍，美国人比奥地利人快七倍。全维也纳人走在大街上都像是散步。

有人说，是奥地利人太多的节日和宗教节日稀释了他们的节奏。他们还没有从一个甜蜜的节日里清醒过来，又进入了下一个节日。

有人说，是奥地利健全的保险体制使他们毫无后顾之忧，同时奥地利的税制又不鼓励他们发大财。收入愈高，税会愈高，而且高得惊人，它叫你最终放弃了成为巨富与“世界百强”的狂想，选择温饱和放松。

然而，有人则说，归根到底还是奥地利人本性使然。这个温和的民族过于热爱生活，他们把生活看作是阳光、花朵、绿色、美食和音乐组成的。他们更愿意尽享这上天赐予的一切，而不想为了占有太多的身外之物而承受过大的负担。也许你会认为他们不思进取，不尚深刻，但他们却很满足自己拥有的蛮不错的现状。

所以，在维也纳绝对看不到华尔街上那种如狼似虎的表情，看不到纽约地铁中那种严峻与紧张；即使在市中心的商业街上，也看不到银座一带那种物欲横流与人声鼎沸。

懒散的、松弛的、悠闲的奥地利人啊！

还有人说，还应该看维也纳的另一面。他们拥有十七位诺贝尔奖的获奖者，有维特根斯坦、弗洛伊德和波普，他们都曾把人类的思考推向某一个极致。但是从社会的全景观看，不少思想者因为生活平淡和无聊而自杀。他们受不了维也纳天天一样的生活，他们酗酒，因此，在维也纳，许多醉汉在醒来之后都是思想家。

最消磨维也纳人的时光，又使他们难以摆脱的是咖啡。

5月里，维也纳大大小小的咖啡店都把咖啡座位搬到边道乃至街道中央。从日头高照支起阳伞的上午十时直到点上蜡烛的夜晚，那里总是有不少人。然而，看上去维也纳的咖啡店与巴黎很不一样。巴黎人在咖啡店里好像总是前后左右挤在一起，维也纳仿佛全都舒舒服服地坐在头等舱内。

传说，维也纳人的咖啡来自土耳其。有的说是16世纪土耳其军队从维也纳逃跑时扔下两麻袋咖啡，从此咖啡传遍奥地利；有的说是一名亚美尼亚籍的奥地利间谍打进土耳其军队，目的是想弄明白土耳其士兵为什么一上阵就那么兴奋，最后获得一个极为重要的情报，就是他们喝了咖啡。

据说就是这位亚美尼亚籍的间谍，战后在维也纳开了第一家咖啡店。这家咖啡店早已无迹可寻，但维也纳三百年的咖啡文化却十分隽永而深厚。

还有一个传说，说五个旅游者到维也纳喝咖啡，维也纳的咖啡有三十六种，五个旅游者每人点了一种咖啡，都喝得很美。后来他们去到德国，在咖啡店里也是各点了一种咖啡，结果德国人端出来的咖啡却是一样的。

这个嘲笑德国人的故事在维也纳无人不知。维也纳很自豪他们咖啡种类的繁多。我最喜欢的是一种加奶沫的淡咖啡，名叫美朗士。然而，如果回到天津，坐在书桌前喝美朗士就完全不是滋味了。那就必须去到维也纳，与朋友散步间随便在一家街头咖啡店坐下，两腿一伸，让傍晚的清风吹进裤管，同时依着兴致，找一个话题聊起来，并时不时端起美朗士，把这种带着微微刺激和芳香的液体，薄薄地浇在舌苔上。

维也纳奉行着享乐主义。他们的享乐一半以上是享受大自然和艺术。所以他们一定是唯美主义者。

在这一点上，维也纳人有点像日本人。他们精心打扮自己的家园，决不草率地对待任何一个角落和一个细节。维也纳是采用垃圾分类的城市，街道两旁常常放着一排六七个垃圾箱，箱盖的颜色不同，表明箱内的垃圾不同。有的是塑料，有的是金属，有的是生物，有的是玻璃……即使玻璃，也要把有色的和无色透明的严格区分出来。维也纳人对生活的精细和精心由此可知。那些街头的花坛，很少同一种花种上一片，总是用许多不同种类和颜色的花精巧地搭配一起。这也是他们的传统。世界上还有哪个城市墙面上的浮雕比维也纳多？从巴洛克到青年风格派，每一座建筑的墙面都是建筑师们随心所欲发挥想象力的画布。

维也纳是座唯美的城市。为此，维也纳人决不会随意毁坏它。支持维也纳人城市保护意识的理论，来自历史学家蓝柯的那句名言："从历史的原状认识历史。"欧洲人一向把自己的历史精神看得至高无上，因此，他们不会把历史的遗物当作岁月的垃圾。

这座城市的所有街道几乎都是老街。铺路面的石块往往还是二百年前埋在那里的，如今有的已磨成亮光光的石蛋，有的布满裂痕，像一张张古怪的脸。所有老店都把自己一两个世纪前开张时的年号镶在墙上，愈古老愈荣耀。当老店易主而转手他人时，也不会重新装修，因为古老的风格具有不可复制的历史气息。更不要说去干那种把老楼推倒重建的蠢事了。这种一二百年前的房子，都是小小的门，长长的走廊，四四方方的庭院和高深莫测的大房间，也都曾出现在茨威格的小说里。每一层楼的过道墙上都有一个水龙头和饰有花纹的生铁铸成的水盆，乃是昔时几家邻居共用的“上下水”。虽然早已废弃不用，却没有人把它拆卸下来。人们都知道——由于当年这里是女人们经常碰面和搬弄是非的地方，所以它有一个既生动又风趣的外号，叫“长舌妇”。

有的人家在“长舌妇”里边栽上一些红色或粉色的花。

维也纳是世界上标志最多的城市。这些标志大多是一种圆形小牌，把一些特殊的“规定”用形象的方式表达出来。

比方地铁车厢里那种指定的老弱病残的座位上，会有一排小圆牌，画着大肚子的孕妇、戴墨镜的盲人、拄拐的残疾人和凹胸凸背的老者。比如公园内的进口处，往往也有许多小圆牌，用图像告诉人们不能骑车，不能遛狗，不能吓唬小鸟；下雨时不能站在树下，以防雷电攻击；对花粉过敏者要小心繁花怒放的地方。

维也纳对花的热爱带来的负面，是引发人们花粉过敏。每到春天，都有人在街头用手绢捂住鼻子，还止不住大声如吼地打喷嚏，因为花粉过敏无药可治。

如果细看，他们这些标志总带着一种对他人的关切。当然，还不止于对人。比如一些商店谢绝狗入内，就在门前画一只可怜兮兮的小狗，用狗的口气说："看来我只能待在这里了。"

它叫你感受到这个城市的人性与温情。

我第一次到维也纳，是参加IOV（国际民间艺术组织）的考察活动，那是1988年。接待我们的秘书长是一位致力于国际民间艺术交流的志愿者，名叫法格尔。他做过上奥州共产党的书记，1963年弃政从文，奔走于世界各地，他相信民间艺术的交流是人类最纯洁和本色的交流。他从40多岁一直干到今天75岁，已经有一百四十多个国家的会员，各种民间艺术的交流活动遍及全球，故而这个由他一手操办的纯民间团体被联合国认定为B级组织。但是他只能从政府那里得到一点很微薄的支持，其他经费全由自己一手运筹。穷困难支时，便掏自己的口袋。多年来，他已经把自己的房产卖掉而搭进去了。

为此，我把他视为知己。无论世界任何地方，民间文化都在被无知地轻视着。民间文化事业是寂寞的，它的支持者都是虔诚的奉献者。

十五年来，我在世界不少地方开会时都和他碰在一起，从希腊、奥地利、匈牙利、波兰到中国。我还多次拜访设在维也纳郊外的IOV总部。十五年前他目光锐利、手势果断、行走挺劲的样子，依然鲜明地浮在眼前，但如今他已是眼神迟疑、说话无力、双手下意识地不停抖着。我望着他，心里有点伤感，他的理想把他的精力掏空了，岁月对于他和他致力的民间文化都非常无情。他却犹然坚定地对我说：艺术与体育不一样。体育最终只承认第一，第一风光无限，第二就不那么重要了；但艺术是平等的，不同的文化艺术同样重要，相互不能替代，只有交流。

我说，文化交流最终的目的，不是为了一样，而是为了更不一样。

另一个让我感动的维也纳人是建筑师和画家百水。

有人说，20世纪的建筑师中有两个怪人，都是一任天真，充满童真和奇特的想象。一位是西班牙的高迪，一位是奥地利的百水。他们的风格都是一望而知的。比如百水，流动在他建筑上的曲线，积木般的圆柱子，带表情的窗子，凹凸不平的地面等都散发着他一无遮掩的个性。但百水更重要的意义是他视“环保”

为天职。

2003年的维也纳之旅使我结识到一位在奥工作的中国女孩子。她曾与百水有过一段情谊真挚的交往。在和她交谈中，使我一下子看到了百水的灵魂。

这个灵魂是绿色的、透明的，绝无任何杂质。

他平时喜欢头上扣一个彩色的小帽子，衣着随便，家里边一塌糊涂，走出门时，常常一只脚穿一种颜色的袜子。20世纪60年代他在一次演讲时，忽然把衣服脱下，当众赤裸。听众中有一位是女议员，这使当时的气氛很紧张。人们攻击这位放荡不羁的艺术家行为过分。但他说，他想表示人有五层皮肤。第一层是宇宙，第二层是大自然，第三层是空气，第四层是衣服，第五层才是皮肤。每一层都不能破坏。

也许百水是聪明的。他知道在媒体霸权的时代，他以这个“非常”的方式可以使人们记住他的思想：捍卫大自然！

由此，我理解到，他的作品全是他思想的工具——

他把垃圾处理厂设计得那么美丽，是因为这里可以完成垃圾的梦想——还原于生活；他设计的房子，要不到处是树木，有时屋顶还是一片绿意盈盈的小树林呢；要不就与大地混在一起，一部分房间干脆钻入地下。一种对大自然的亲切感让人感动。至于他常常把地面设计得凹凸不平，是想使人随时感到大地的生命韵律。

他画中那些年轮般环环相套的线条，象征着大自然的生命；那些螺旋状的柱子，象征生命的成长；那些葱头状的屋顶，象征生命所孕育的勃勃生机。他作画不用化学颜料，只是矿物质的颜料。他喜欢随心所欲地作画，就像大自然中的草木自由自在地生长。

他的艺术个性不就是他思想的个性吗？

尤其是在全球工业化和商品化的时代，他的思想与行为有着特殊和紧迫的意义。

1998年他在法国买了一处房子，看上去很像原始人的住所。没有人知道他买这个房子为了什么。后来，他又在新西兰买了一处不大的农场。那片土地全然与世隔绝，一切生物都没有污染和破坏。他时时一个人裸体地生活在那里。这时人们才明白，百水想做一个纯粹的自然人。

他说：大自然给人最珍贵的东西是纯洁，人应该把纯洁还给它。

2000年2月，他死在了异乡。死前他留下了遗嘱，说他要赤身裸体埋在他新西兰那块净土中。他要把自己纯洁地还给大自然。他身体力行地完成了自己的追求。虽然他的遗体远葬他乡，却把他终生经营的绿色的理想散布在维也纳的空气里了。

我在维也纳见过三个小小的“奇迹”——

第一，在市中心戒指路上那家著名的蓝特曼咖啡店，我与魏德大使夫人聊天，时时会有觅食的鸟儿从我们中间“刷”地飞过。它们每一次飞过，我们都会微笑一下。世界上什么地方还会有这般美妙的情景？

第二，我和朋友们在普拉呼塔餐馆吃水煮牛肉。当服务生将一瓶上好的葡萄酒斟入我的酒杯时，即刻有一只蜜蜂飞落在我的杯沿上。它金黄色球形的肚子一鼓一鼓，玻璃样的翅膀一张一合。世界上哪里还会有这样神奇的事情发生？

第三，一天出门散步。在我居所后边一条小街上停着一辆白色的小轿车，车后边装一个铁架子，上边放一个奥式的长条的花盆，里边金黄色的菊花正在盛开。世界上哪里的人会把鲜花装在车上，带着它到处奔跑？

只有维也纳。

维也纳是个生活的城市。但他们不是为生活而生活，而是为美为享受美而生活，他们的一切生活片断都可以转化为圆舞曲，所以才出现了圆舞曲之王施特劳斯。

如果说莫扎特是萨尔茨堡的灵魂，施特劳斯则是维也纳的灵魂。也许它不够深刻，但它把人类快乐而华丽的美推向了极致。

1995年奥地利政府决定与匈牙利合办世界博览会，并指定在空旷的多瑙河南岸开辟新区，像巴黎的拉德芳斯那样，兴建现代化的建筑场馆。但此举遭到维也纳人的反对。一种维也纳式的思维爆发了：我们生活得已经很好了，为什么还要拼命干？世博会一来，一定会扰乱我们的生活！故而举行全体市民的公投表决，最终还是把世博会否决掉。

于是，维也纳依旧是鲜花、皇宫、老街、咖啡、施特劳斯的旋律和“免费的音乐会”。

如果你是维也纳人，你会选择怎样的生活？如果你不是维也纳人，你在这座世界文化名城里，愿意看到怎样的一种生活？

/ 维也纳春天的三个画面 /

你一听到青春少女这几个字，是不是立刻想到纯洁、美丽、天真和朝气？如果是这样你就错了！你对青春的印象只是一种未做深入体验的大略的概念而已。青春，它是包含着不同阶段的异常丰富的生命过程。一个女孩子的14岁、16岁、18岁——无论她外在的给人的感觉，还是内在的自我感觉，都决不相同。就像春天，它的3月、4月和5月是完全不同的三个画面。你能从自己对春天的记忆里找出三个画面吗？

我有这三个画面。它不是来自我的故乡故土，而是在遥远的维也纳三次旅行中的画面定格，它们可绝非一般！在这个用音乐来召唤和描述春天的城市里，春天来得特别充分、特别细致、特别蓬勃，甚至特别震撼。我先说5月，再说3月，最后说4月，它们各有一次叫我的心灵感到过震动，并留下一个永远具有震撼力的画面。

5月的维也纳，到处花团锦簇，春意正浓。我到城市远郊的山顶上游玩，当晚被山上热情的朋友留下，住在一间简朴的乡村木屋里，窗子也是厚厚的木板。睡觉前我故意不关严窗子，好闻到外边森林的气味，这样一整夜就像睡在大森林里。转天醒来时，屋内竟大亮，谁打开的窗子？正诧异着，忽见窗前一束艳红艳红的玫瑰。谁放在那里的？走过去一看，呀，我怔住了，原来夜间窗外新生的一枝缀满花朵的红玫瑰，趁我熟睡时，一点点将窗子顶开，伸进屋来！它沾满露水，喷溢浓香，光彩照人；它怕吵醒我，竟然悄无声息地又如此辉煌地进来了！你说，世界上还有哪一个春天的画面更能如此震动人心？

那么，3月的维也纳呢？

这季节的维也纳一片空蒙。阳光还没有除净残雪，绿色显得分外吝啬。我在多瑙河边散步，从河口那边吹来的凉滋滋的风，偶尔会感到一点春的气息。此时的季节，就凭着这些许的春的泄漏，给人以无限期望。我无意中扭头一瞥，看见了一个无论多么富于想象力的人也难以想象得出的画面——

几个姑娘站在岸边，她们正在一齐向着河口那边伸长脖颈，眯缝着眼，撅着芬芳的小嘴，亲吻着从河面上吹来的捎来春天的风！她们做得那么投入、倾心、陶醉、神圣：风把她们的头发、围巾和长长衣裙吹向斜后方，波浪似的飘动着，远看就像一件伟大的雕塑。这简直就是那些为人们带来春天的仙女们啊！谁能想到用心灵的吻去迎接春天？你说，还有哪个春天的画面，比这更迷人、更诗意、更浪漫、更震撼？

我心中的画廊里，已经挂着维也纳3月和5月两幅春天的图画。这次恰好在4月里再次访维也纳，我暗下决心，无论如何也要找到属于4月这季节的同样强烈动人的春天杰作。

开头几天，4月的维也纳真令我失望。此时的春天似乎只是绿色连着绿色。大片大片的草地上，没有5月那无所不在的明媚的小花。没有花的绿地是寂寞的。我对驾着车一同外出的留学生小吕说：

“4月的维也纳可真乏味！绿色到处泛滥，见不到花儿，下次再来非躲开4月不可！”

小吕听了，就把车子停住，叫我下车，把我领到路边一片非常开阔的草地上，然后让我蹲下来扒开草好好看看。我用手拨开草一看，大吃一惊：原来青草下边藏了满满一层花儿，白的、黄的、紫的，纯洁、娇小、鲜亮，这么多、这么密、这么辽阔！它们比青草只矮几厘米，躲在草下边，好像只要一努劲，就会齐刷刷地全冒出来……

“得要多少天才能冒出来？”我问。

“也许过几天，也许就在明天。”小吕笑道，“4月的维也纳可说不准，一天换一个样儿。”

可是，当夜冷风冷雨，接连几天时下时停，太阳一直没露面儿。我很快就要离开这里去意大利了，便对小吕说：

“这次看不到草地上那些花儿了，真有点遗憾呢，我想它们刚冒出来时肯定很壮观。”

小吕驾着车没说话，大概也有些怏怏然吧。外边毛毛雨点把车窗遮得像拉了一道纱帘。可车子开出去十几分钟，小吕忽对我说：“你看窗外——”隔过雨窗，看不清外边，但窗外的颜色明显地变了：白色、黄色、紫色，在窗上流动。小吕停了车，手伸过来，一推我这边的车门，未等我弄明白是怎么回事，便说：

“去看吧——你的花！”

迎着细密的、凉凉地吹在我脸上的雨点，我看到的竟是一片花的原野。这正是前几天那片千千万万朵花儿藏身的草地，此刻一下子全冒出来，顿时改天换地，整个世界铺满全新的色彩。虽然远处大片大片的花已经与蒙蒙细雨融在一起，低头却能清晰看到每一朵小花，在冷雨中都像英雄那样傲然挺立，明亮夺目，神气十足。我惊奇地想：它们为什么不是在温暖的阳光下冒出来，偏偏在冷风冷雨中拔地而起？小小的花居然有此气魄！4月的维也纳忽然叫我明白了生命的意味是什么？是——勇气！

这两个普通又非凡的字眼，又一次叫我怦然感到心头一震。这一震，便使眼前的景象定格，成为4月春天独有的壮丽的图画，并终于被我找到了。

拥有了这三幅画面，我自信拥有了春天，也懂得了春天。

/维也纳森林的故事/

维也纳人的骄傲与福气之一，是他们生活在层层叠叠的绿色包围之中。森林不单是维也纳人度假游玩的去处，平日黄昏人们也常常驱车到城市东北角的卡伦堡山上，敞开肺叶，张开嘴巴，大口吸吮林海散发出来的清新、湿润、凉意和充沛的氧气。放眼远眺，绿海无边，每一棵树都是一朵绿色的浪花，多少树才汇成这海一样无边无际的森林？维也纳人眼睛整天被城市的奇光异彩所眩惑，此刻觉得绿色真是一种净化眼睛和心灵的颜色。

所以，维也纳人喜欢绿色。绿色的家具、窗帘、墙壁、器皿都是常见的。盐溪湖一带专门烧制一种带有绿色条纹的陶瓷，是奥地利最富特色的民间工艺之一。这里的男人还爱穿绿色西服，打绿色领带，就像温暖的澳大利亚的男人们爱穿淡红色的衬衫一样。

世人只知道这片森林受益于施特劳斯的名曲《维也纳森林的故事》而名扬天下，引来千千万万旅游者，为这座城市赢得外汇，哪里知道维也纳人与这片森林生命攸关，互惠互助，相依相存，因而才给了那位“圆舞曲之王”以创作的灵感、冲动和深情。

维也纳森林到底有多大？有人说面积四十平方公里，有人说方圆百里。其实这个被称作“森林王国”的奥地利，拥有三百七十万公顷森林，整个国家土地的百分之四十四被森林所覆盖。处处森林相连，谁能找到这维也纳森林的边缘？

一出城市，到处是这样的景色：向阳的山坡上，林色鲜翠；背阳的山坡上，森森然像一片埋伏在那里披甲戴盔的兵阵。森林之间是大片大片的开满鲜花的牧草，很难看见土的颜色。维也纳森林是指维也纳城市近郊一带，地势最高不过海拔四百米，很少针叶树，多为阔叶林，榆槐桉桐等数十种树木交相混杂，每逢春至，树上开花，小鸟欢叫，各种野生小动物奔跃其间。这感觉与南部蒂罗尔州那种高山峻岭、松柏参天、雪溪喷泻，全然两样。这里的森林清新柔和、温文尔雅，倒与维也纳这个城市的味道更相调和。

森林不单使人赏心悦目，呼吸舒畅，排除烦恼，它还神奇地调节着气温。在维也纳，无论太阳怎样灼热，只要钻到树荫里便立刻清爽宜人。这感觉异常分明。“太阳地”和“荫凉地”，好似两个季节。中午与早晚，温差非常分明。即使炎夏时节，日落之后，空气会很快凉爽下来，维也纳人在夏天夜里也要盖被子睡觉。特别是一场雨后，天气如秋，气候多变，穿衣服跟不上变化。有时风起雨过，那些等候公共汽车的人群，可谓千奇百怪。有的依然穿背心光膀子，有的已经穿上毛衣和皮夹克。此种奇观，很像中国北方的“二八月乱穿衣”，但这里却是“五六月乱穿衣”了。

我在游览维也纳郊外一座皇家猎宫时，骤然风雷交加，大雨疾降，忽见大片草地冒起浓浓白烟，林间更是烟雾飞扬，很是壮观。这种景象以前很少见到。导游告诉我，这因为森林和草地吸收阳光的热量，冷雨一浇，顿成烟雾。我才深知森林与草地作用的非凡。

人在地球上繁衍生长，正是大自然万物相互调剂、相互受益、相互依存的结果。万物与环境共存亦共亡。恐龙正是环境改变而绝种。倘若人类无知，盲目而任意破坏自己的生存环境，必将是恐龙第二，那便只有等待外星人来，为灭绝的地球人类唏嘘叹息。

维也纳人明白，宜人的气候不只是上帝的恩赐，更由于祖祖辈辈对这种恩赐倍加珍爱。早在1852年奥地利就颁布了《森林法》，一百余年，沿用至今。这实际上就是严格的森林保护法，科学性与应用性结合得很完美。比如采伐，伐掉的那一片林木的空地，正是需要阳光射入、促使森林更好生长之处。所以，奥地利人从来不缺乏木材，也不缺乏绿色。

如果留心观察，还会发现维也纳人对房前屋后的草地就像对居室内的地毯一样爱惜。你很难发现一小块枯草。他们甚至不肯使用汽车里的空调，担心废气污染草木与空气。在这个百万人口的大城市里，无论何处，张目一看，总有鲜艳的花木在视野之内；放眼望去，空气透明，视线无阻，只要目力所及，那些远远站在楼顶上的一座座雕像的面孔，都能看得一清二楚，绝无尘烟障目……这样，各种各样的鸟儿就像在维也纳森林里一样，无忧无虑地生活在城市的千楼万宇中间。

一天黄昏，我在城市公园正兴致勃勃欣赏露天音乐会，忽然大厅顶上发出声声异样鸣叫，音调似猫，其声宏大。扭头望去，原来是一只大孔雀站在上面。孔雀是逞强好胜的飞禽，它要与乐队一比高低。这引得欣赏音乐的人们都笑起来，但没有人驱赶孔雀，乐队更起劲地演奏，随后便是乐队与孔雀边奏边唱，奇妙至极。

还有比这表达大自然与人类和谐亲密关系的更美好的颂歌吗？这不正是《维也纳森林的故事》最动人的深层内涵吗？

/雕刻在大墙上的历史/

古老的建筑，历尽沧桑，披满斑驳的历史遗痕，就像一块古碑，记录着世事的更迭与嬗变，无言地诉说着人间的荣辱和悲欢。这种建筑给我印象最深刻者，莫过于被称为“维也纳象征”的斯蒂芬大教堂了。

它就像石头堆垒成的一座山。近处仰望，势如压顶；旁边耸立的歌特式峻拔的尖塔高达四百四十八英尺，灵透的塔顶天天舔着游曳在蓝天中的云丝。最使维也纳人引为自豪的，是它那彩色拼花的大瓦顶，远看像个披着花毯的雄赳赳的大汉。然而，初次到斯蒂芬大教堂的人会好奇地发现，在教堂外流连的人，要比到教堂内观瞻的人多。奇怪吗？你只要围着大教堂转上一圈就会明白：原来它漫长而丰富的历史全都刻在墙上！

斯蒂芬大教堂始建于1147年。奥地利公国尚未形成，建筑风格是罗马式的。1276年一场大火烧去教堂大半，现今正面大墙是那场大火中的幸存物，也是珍存至今的罗马遗迹了。有石柱、玫瑰窗和雕刻，都极美。其中以《萨姆森和狮子》与《异兽》两件刻在石壁上的浮雕，堪称绝品。萨姆森力擒雄狮、异兽捕拿绵羊，都是体现罗马人精神的传说，虽然历时太久，风化得厉害，但仍神韵十足，萨姆森双臂肌肉的弹性居然还能使人感觉得到！

在这最古老的大墙上，种种怪异莫解的痕迹也最多。比如其中两样，一是刻画在墙上很大一个圆圈，二是固定在这圆圈下一大一小两根铜条。我多次询问，无人能解。一位奥地利朋友甚至耸耸肩说："谁知道，也许是外星人干的吧！"后经一位风俗专家解释才明白，原来最初教堂前的广场是维也纳最大的农贸市场，这个圆圈用来检查面饼是否够大，铜条是量布的尺子。这都是对付那些不法小贩的。当年农贸市场的盛况和管理的严格，由此可略见一斑了。

13世纪那场大火灾过后，大教堂开始重建，并不断扩建，直到1511年才达到今天这样的规格。在漫长而无尽无休的建造中，外墙上的雕刻愈来愈多，有宗教内容的宣传，也有历史性的纪念。每件雕塑都是历史的一页，而不少雕塑又是艺术史上的杰作，比如东墙上的《耶稣受难》无疑是一件雕塑珍品。那上帝面部浓重的悲苦感，至今还感动得信男信女天天来敬献鲜花。还有一处供奉圣像的石室，也是献花者终日不绝，它是音乐大师莫扎特死后停尸之处。1791年12月一个风雪之夜，莫扎特死于贫病交加。几位生前老友花了可怜的一点钱，在斯蒂芬大教堂内为他举行了一种贫民式的葬礼，尸体被放在石室中短暂停留，然后运往墓地。如今石室黯然，莫扎特把一生的寂寞都留在这里了。大教堂就这样为奥地利人记载下他们崇敬的音乐大师死的苦难与生的苦难。

维也纳人与大教堂血肉相连，是由于他们有过共同的荣辱与悲欢。

数百年来，维也纳多次沦落在侵略者之手。维也纳人流血流泪之日，也是大教堂惨遭破坏之时。其中以1483年土耳其入侵维也纳、1809年法国拿破仑围城、1945年以前德军占领奥地利期间，大教堂损坏惨重。第二次世界大战后，大教堂修复长达二十年，直到1956年才重现光芒。如今细看教堂大墙，新伤旧痕，历历在目，却依然巍然雄立，到底是战争强大还是和平更强大？

在大门右侧发黑的石壁上，还有一个奇怪的数字“05”，最为维也纳人津津乐道。二战期间，希特勒在《我的奋斗》中发誓要“用各种方法实现”德奥合并，即消灭奥地利。德国法西斯攻占奥地利后，奥地利被认为是一个“从地球上抹去的国家”。这时，有人冒着生命危险在大教堂门前刻上这惹人注目的“05”二字。“0”是德语中的“O”，“5”是指德语中第五个字母“E”，拼音正好是奥地利这个单词的字头。这个用来表示奥地利民族永存不灭的特殊符号，被人们悄悄传诵，相互鼓舞，增强信心。今天，人们拿白色油漆将它重描，黑墙白字，耀目生辉。它成了奥地利人顽强的爱国精神的象征，而且已经深深镌刻在人们的心灵和情感之中了。

斯蒂芬大教堂对于奥地利的意义，已经远远超出宗教。它是奥地利历史一个年纪最老、无所不知的证人。或者说，它本身就是一个会说话的历史。而历史的价值，首先是为人类的一切作为分辨出是与非。

/天 籁/

——约瑟夫·施特劳斯作品《天籁》的联想

你仰头、仰头，耳朵像一对空空的盅儿，去承接由高无穷尽的天空滑落下来的声音。然而，你什么也听不到。人的耳朵不是听天体而是听取俗世的，所以人们说茫茫宇宙，寥廓无声。

这宇宙天体，如此浩瀚，如此和谐，如此宁静，如此透明，如此神奇，它一定有一种美妙奇异、胜过一切人间的音乐的天籁。你怎样才能听到它，你乞灵于谁？

你仰着头、屏住气，依然什么也没听到，却感受了高悬头顶的天体的博大与空灵。在这浩无际涯、通体透彻的空间里，任何一块云彩都似乎离你很近，而它们距离宇宙的深处却极远极远。天体中从来没有阴影，云彩的影子全在大地山川上缓缓行走，而真正的博大不都是这样无藏于任何阴暗的么？

当乌云汇集，你的目光从那尚未闭合的云洞穿过极力望去，一束阳光恰好由那里直射下来，和你的目光金灿灿地相撞，你是否听到这种激动人心的灿烂的金属般的声响？当然，你没有听到任何声音，还有那涌动的浓雾、不安的流光、行走的星球和日全食的太阳，为什么全是毫无声息？而尘世间那些爬行的蝼蚁、歙动的鼻翼、轻微摩擦纸面的笔尖为什么都清晰作响？如果你不甘心自己耳朵的蒙昧，就去倾听天上那些云彩——

它们，被风撕开该有一种声音，彼此相融该有另一种声音，被阳光点燃难道没有一种声音？还有那风狂雨骤后漫天舒卷的云，个个拥着雪白的被子，你能听到这些云彩舒畅的鼾声吗？

噢，你听到了！闪电刺入乌云的腹内，你终于听到天公的暴怒！你还说空中的风一定是天体的呼吸，否则为什么时而宁静柔和时而猛烈迅疾？细密的小雨为了叫你听见它的声音，每一滴雨都把一片叶子作为碧绿的小鼓，你已经神会到雨声是一种天意！可到头来蒙昧的仍旧是你！只要人听到的、听懂的，全不是天体之声。

辽阔浩荡的天体，空空洞洞，了无内容，哪来的肃穆与庄严？但在它的笼罩之下，世间最大的阴谋也不过是瞬息即逝的浮尘。人类由于站在地上，才觉得地大而天小；如果飞上太空，地球不过是宇宙中一粒微小的物质。每个星球都有自己的性格，每个星球都有自己独特的声音。它们在宇宙间偶然邂逅，在相对时悄然顾盼，在独处中默然遐想，它们用怎样的语言来相互表达？多么奇异的天体！没有边际，没有中心，没有位置，没有内和外，没有苦与乐，没有生和死，没有昼与夜，没有时间的含义，没有空间的计量，不管用多巨大的光年数字，也无法计算它的恢宏……想想看，这天体运行中的旋律该是何等的壮美与神奇？

你更加焦渴地仰着头——

不，不是你，是约瑟夫·施特劳斯。他一直张着双耳，倾听来自宇宙天体深处的声音，并把这声音描述下来。尽管这声音并非真实的天籁，只不过是他的想象，却叫我们深深地为之感动。从这清明空远的音响里，我们终于悟到了天体之声最神圣、最迷人的主题：永恒！

永恒，一个所有地球生命的终极追求，所有艺术生命苦苦攀援的极顶，它又是无法企及的悲剧性的生命境界。从蛮荒时代到文明社会，人类一直心怀渴望，举首向天，祈盼神示以永恒。面对天体，我们何其渺小；面对永恒，我们又何其短暂！尽管如是，地球人类依旧努力不弃，去理解永恒和走进永恒。我们无法达到的是永恒，我们永远追求的也是永恒。

听到了永恒之声，便是听到了天籁。

/在维也纳买古董/

纳什马克的跳蚤市场

每到国外，我的嗜好也跟着“出口”了，那便是寻些卖古董的地方去逛。因此得下一个结论，凡历史悠久、人文丰繁之处，这样的地方则多，反之则少。比方在澳大利亚和加拿大，你要问去哪里可买到古董，等于给主人出了一道难题。一次在多伦多，一位热心的加拿大朋友把我领到一家古董店门前，一看却是中国古董店！澳大利亚人则说，我们这儿历史最老的是袋鼠，你买一只回去吧！

欧洲是世界文化与艺术的中心，自然就是买卖古董的中心了。但真正的古董行家到了欧洲，除去逛老店和串拍卖行，也不会放弃那些藏龙卧虎的“跳蚤市场”。

最早的跳蚤市场主要卖旧衣服，旧衣上常有跳蚤，故名“跳蚤市场”。现在的跳蚤市场已变成旧物市场，除去廉价的水货在此倾销，更多则是家中多余不用的物品，拿到这里卖掉。这便常有祖辈遗物，后代不知来历与出处，轻易抛出，有价值的古董便潜杂其间。嗜好古董的人最喜欢自己“发现”到罕世宝物，就来寻珍采奇，自然招来一些古董贩子真真假假，倒买倒卖。有侥幸也有冒险，这对嗜好古董的人更添一分刺激。

维也纳的跳蚤市场就在市中心边缘的纳什马克。这里平日是一个大菜市场的停车场，每逢周六工休日，市场关门，无人停车，跳蚤市场便来拉开阵势。

在这狭长地带中，各种货摊排成几个长排，最靠地铁一边多为旧衣旧鞋，小贩大都是东欧人和土耳其人，偶亦有中国人卖些绒毛熊猫、镀铜小龙、石雕长城等廉价工艺品，欧洲人对中华文化的知识少得可怜，故很少问津。愈靠大街那边，档次愈高，支棚架摊，古物杂陈，琳琅满目，极是诱人。这成了维也纳吸引游客的一种市井风情。其中有些小摊颇有专业化味道，比如旧书摊、旧画摊、旧圣像摊、旧瓷器摊、旧照片摊和旧灯具摊。这就很像中国一些大城市近年来兴起的旧货市场了。

它与中国的旧货市场不同之处有二：

一是小贩赚钱的手段主要是将古物的时代提前，但造假不多，因为在欧洲制造古代艺术赝品是触犯法律的。大概造假古董乃中国之专利，故一家日本出版社曾约我写一本《中国伪作史》。二是奥地利人不喜欢翻来覆去地讨价还价。比如我看中一幅人物肖像，装在古老的鎏金镜框中，是木版油画，采用丹培拉材料，画得极薄，由于历时久远，气质沉润，画面出现蛛丝般裂痕，更富美感。我断定为毕德迈耶画派（1816—1848维也纳著名画派）作品，很有收藏价值。跳蚤市场上的古董一律明码标价，我见标价很高，依照在国内的经验杀它一半价钱。这位卖主长得文静，蓄着唇须。他摇摇头说："对不起，不行。"我再与他讨价还价，他索性笑了笑不再理我了，只好作罢。

此后，这幅画一直在我心中纠缠，我便请了一位朋友帮我去讨价。我这位朋友是奥地利通。他说，你和奥地利人谈价钱最多一两个来回，谈不成就算完，他们不喜欢钩心斗角。

噢？他们真的如此？

等到周末，我们在纳什马克的跳蚤市场找到了那位卖主。卖主说："他（指我）真的喜欢这幅画吗？这是毕德迈耶作品，只是没有签名。"看来卖主是行家。

我的朋友说："他也认为这是毕德迈耶作品，风格极像约翰·米歇尔·尼德（1807—1882），画得很精致。"

我担心这话可能要把价钱抬上去。谁料卖主惊喜得眼珠发亮，像遇到知音，他主动降了许多钱，卖给了我，倒像一半送给了我。他还给我一张名片，愿意与我相交。我买回这幅画，认真研究，确信是尼德的一幅肖像精品，不单画中色调与笔法全然是尼德的作风，人物造型几乎与尼德1833年创作的《乡村的客栈》中的一个人物形神皆同，宛如一人。

我由此更了解奥地利人。比如这卖主，见我如此酷爱这幅古画，决不漫天索价，连蒙带唬，得寸进尺，好像渔翁钓住大鱼，一边绷住劲儿，一边使弄招数，我也不必猜他是否假装不卖，再施心计。奥地利人喜欢简单轻松，不喜纠缠，尤不喜竞争，逢到需要力争的场合也很少死气白赖。这一方面来自他们天性的散漫，温饱足矣，何必拼命？另一方面则是奥匈帝国的遗风使然：小小气气地争来争去，锱铢必较，未免卑微。

小买卖也有大风度，大买卖也有小家子气，这完全因人而异。

艺术家市场

一位美国朋友来访，他见我从奥地利带回一尊17世纪银质圣像，连呼美极，追问我购自何处。他多次去维也纳，古董行也是他的出没之地，听口气他对维也纳的古董市场无所不知，我便说是从艺术家市场买到的。他听后对我瞠目而视，颇显惊诧。我马上想到奥地利一位朋友的话："买古董的人经常会把艺术家市场漏掉。"

艺术家市场在多瑙河岸边，那是沿河一条狭长的铺水泥的滩地，河水上涨时则淹没，平时周日便是艺术家们的集聚之地。画家们支着画板作画或为游人画像；雕塑家们摆上台子或案子，陈列自己千奇百怪的作品；服装设计师悬挂出各种充满创意的手绘头巾或手工缝制的帽子；歌唱家和演奏家们则常常在停靠岸边的"施特劳斯号"的甲板上，拉开阵势，举行现代歌曲演唱会。这些穿着磨破了的牛仔短裤、长发披肩的男女青年，通过扬声器把他们最新的歌曲与最真实的情绪传达给人们。维也纳是音乐城，歌声最能招引人。每逢此时，两岸观者如堵，艺术家市场顿成了人头攒动的闹市了。

在艺术家市场上，哪怕一件最日常的应用品，也全是艺术家们亲手制作的，它们都有艺术家匪夷莫思的想象、异想天开的创造和独来独往的自我表现。一把钉子、几个橡皮筋、一枚衣扣被压在透明的树脂里，便成为时髦女人最有特色的颈坠儿；一块胶泥，扎上几个小洞，再涂了釉彩烧出来，就是一个别致的笔筒；

一位大胡子画家把他的形象精致地印在鞋面上，这是调侃是自嘲还是广告？猜不透。但这种鞋子天下无双，若有人仿造反而没意思。在这里任何一样东西都是独一份，相同便无价值。这就是艺术的精神。艺术的本质是区别别人也区别自己。你可以对他们的创造不买账，嗤之以鼻，弃而不顾，甚至不肯施舍般地瞧上一眼，但艺术家们决不会勉强你、招徕你，生拉硬拽卖力兜售。他们守着自己的作品，一言不发，好像等待“知音”；他们深知“知音”是可遇不可求的，更是强求不得。如果遇到知音，心生喜欢，如获至宝，掏钱买去，他得到的报酬便与得到的赏识同样高兴，或者叫作双倍的高兴。这是小商小贩们永远不会有的乐趣。

这样，自然有些艺术家把家中的一些古旧艺术品拿来卖给识家。这些艺术品的收藏者都具有鉴赏眼光，其艺术价值就非跳蚤市场可比了。我看过一件木雕的相集封面，精美绝伦，应为哈斯堡时代的王室遗物，还有一群玛雅文化的雕像，都属于博物馆一流藏品，只是标价高得惊人，因为卖主都是识货的艺术家。艺术家是凭个性来做买卖的。当他们过分看重一件古董的艺术价值时，标价也就不着边际；当这些艺术家心血来潮时，也许会挥金如土，使得幸运者抱珠而还。这就要说到我买那件古代银质圣像的事了——

在桥墩附近一个摆满古代器物的台子上，我一眼发现了它。这件结构复杂、组装式的圣像被拆成几部分，散放在桌角。但它那形制与花纹，稳重又灵透，洋溢着迷人的歌特精神，令我振奋。我想这必是价值千金。卖主是位画家，专画抽象的装饰画卖，这些旧物是一位匈牙利姑娘托他代卖的。匈牙利穷，价钱竟然只要八百先令（折合人民币六百元！），我惊喜地上去抓住圣像，抢口说我要，生怕对方改口。陪我同来的一位友人本想为我压价，但见我已然说要，无法再争。有趣的是这位奥地利画家，他对我说："我看得出你非常喜欢这东西，这是法国的，非常古老，的确很漂亮，我替那个匈牙利人做主，你就给五百先令吧！"

当我把买这圣像的过程告诉来访的美国朋友，这位美国人立即大叫："我明天就去维也纳！去这个艺术家市场！"这话一半是玩笑，一半因为美国人太喜欢这种意外的欣喜了。

这便是维也纳艺术家市场的特色。这里没有小商小贩的习气。艺术家就是这样，往往个性或一时情绪表达的快感，远远超过多捞取一点钱财的愉悦。有人说，也许你只是碰到了一种幸运的偶然，我反问他，除去艺术家市场，你在哪个市场可以碰到这种偶然呢？

若要看维也纳古董的洋洋大观，还得去一区那些牌老资深的古董店。由步行街向西直至皇宫那一片横七竖八的深街旧巷，随处都是经营古董的店铺。门脸小，格式老，装修也不讲究，但包子有肉不在褶，里边的古董却富可敌国，往往大博物馆也买不起。奥地利号称欧洲中心。不单自己的历史文化上千年，国民一向珍爱自己先人的创造，又从不搞“破旧立新”和“砸烂旧世界”，文物资源自然雄厚。而周围国家如意大利、德国以及法国等都是文化大国，各国文物便自然而然流落于此。这里的古董店由希腊罗马、文艺复兴及至近代，无所不有。实际上是欧洲的古董店，东方人很难问津。东西方文化从来以各自为中心，自我循环、自我满足，由于这种太久的隔绝，对待对方的文化缺乏感情。故此，东方人绝少收藏西方古董，而西方人对中国古董多半出自猎奇，真正的行家仅存学者中间。欧洲的古董店偶有中国古董，也常被老板说得驴唇不对马嘴。

在一家古董店中，老板向我推荐一对阿拉伯蓝花小瓷碟，执意说这是中国的古董，还连连叫着“yong zheng！ yong zheng！”（大约是“雍正”的意思）但肯定不知何为“雍正”。我说这不是中国的瓷器，他马上掏出名片，上边印着这家老店最初的年号是1803

年，并强调他家世代颇精此道，以此证明他的话确凿可信，弄得我啼笑皆非。我见架上有一件薄胎青花加彩的大碗，碗底无年款，里外皆画，为《西厢记》故事，韵味醇厚，当为乾隆年间制品，而且完好无损，但老板却非说这是日本货，索价极低。在欧美各国的古董店中，这样的例子举不胜举。倘若中国的古董小贩到此采买，再带回国，出口转内销，倒能发笔洋财。

由于欧洲人文化意识颇强，收藏古董是人们的普遍爱好。如果到一个欧洲人家中，哪怕是农民，若无古物，便意味着意趣浅薄而无文化。欧洲人强调个人性情，收藏便五花八门，古董店投其所好，不仅无所不包，而且专项的店铺很多。常见的有绘画、雕塑、圣像、瓷器、家具、灯具、乐器、地毯、相机、书籍，等等。孤本的古旧书籍也被作为古董。古书的封面、版式、纸张、印刷方法都带着当时的风尚，不仅有阅读与史料价值，也可陈放在玻璃柜中如同古瓷古瓶一样观赏。我在现代艺术博物馆对面走进一家小店，里面专门经营古代航船一类文物，一连三间屋内，摆满与挂满古代的航海物品，如罗盘、铁锚、海图、旗帜、枪支、海中服饰和单筒望远镜，甚至还有一两个世纪以前的小舢舨，简直像一个小而精的航海博物馆了。

这些古董店大多明码标价，可以讨价还价，但往往标价近于天文数字，使人不好开口。这些货真价实的古董店，也不追求天天进财，只等待来一位不惜千金的真正买家。这很像中国过去那种有名分的古董店所谓“三年不开张，开张吃三年”。外地来的旅游者便把这种古董店当作小博物馆，过过眼瘾，浏览一下而已。

拍卖行

在这中间，有一种古董店不能错过，就是古物拍卖行。

拍卖行货源雄厚，大出大进，成批出售，带有倾销性质。他们往往提前一个月登出广告，或印发宣传品，披露拍卖内容，同时在拍卖行大厅或沿街一些专用橱窗内，将这些古董陈列出来，供人选定。上有标签，写着起价数额和拍卖的时间地点。倘若要买，先用电话通知拍卖行，等到了拍卖那天便来竞价，当然也可以改变主意而放弃。

在维也纳，最负盛名、专门拍卖古旧艺术品的是多罗萨姆拍卖行。这家拍卖行有两个门，前后通往两条街。总共四层楼，白色大理石的地面，室巨厅阔，走进这大楼如同掉进古董的海洋。博大与精致，古朴与华贵，珍奇与原始，交相辉映，使人感到世界上一切物品，日久天长都会质变为古董。创造古董的既是人也是岁月。此时，二楼侧厅正举办大型的首饰拍卖的预展，这些稀世珍宝能与霍夫堡皇宫珍宝馆的藏品相媲美，多罗萨姆的实力真是难以估计！

它的二楼和三楼各有一个拍卖厅。拍卖方式，天下殆同。只是执槌者改用按键电子铃，反觉美妙。令我惊讶的是，参加拍卖者寥寥可数，三百张座椅的大厅只坐了最前面的几排。大概欧洲古董太多，拍卖几乎天天有，谁也不怕“失却良机”。奥地利人又不喜争强，多以最低的起价成交；偶有争执，不过一两个回合的较量，便有一方放弃了。我第一次在多罗萨姆买到一幅油画和一件巴洛克台式画架，很顺利，无人竞争，举手可得。第二次来买铜雕，与一位瑞士收藏家较上劲，我下狠心出高价把他压倒。完事后他过来对我说：“我以为中国人来欧洲大多是开餐馆，没想到还有人买古董。”我听罢笑道：“大概中国的古董太多了，想不到来欧洲买。”然后谢谢他如此谦让。

这不过是个小小调侃而已。

拍卖行是古董价钱最低的地方，有时甚至会低于跳蚤市场。我在多罗萨姆见过一幅齐白石的《荔枝图》，开门见山的真迹，且是精品，开价五千先令，这价钱低于国内十倍，当然这可以认作是中西文化之隔绝使然。但同时还有一件一米多高的意大利铜雕，20世纪作品，塑着一个干完活的庄稼汉闲坐木墩上，他松垂的双臂上，肌肉筋骨坚韧有力，整个作品气势充沛宏大。标价仅仅一万先令！我心想必买不可了，但再看看拍卖日期恰好是我离开维也纳的那天，物各有主，强求不得，望洋兴叹中，唯寄希望再来欧罗巴了。

英伦三岛记

/ 伦敦生活 /

题外的话

在繁忙的访问中，哪怕得到一两个小时的间隙与空闲，我也要跑到伦敦的街头转一转。任何旅游者都有同样一种心理，希望自己能碰到和发现一些意料之外、新奇特殊的事情，这比向导指着一座举世皆知的纪念碑，向你诉说它的历史有趣得多。在世界上，似乎有这样一个道理：你发现的，才是真正属于你的。对于作家更为要紧，作家最大的幸运就是能从生活中经常获得新鲜又独特的第一手材料。

可惜我这幸运极少。便只能把任何一个久居在伦敦的人都习以为常的事物，当作什么稀奇的见闻写出来。使我尚能引以为慰的是——虽然这在英国人眼里司空见惯，由于中英两国相距数万里，风土人情迥然殊别，社会面貌也大相径庭，那里的一切也算是种种“洋相”了。我自管如实将这“洋相”叙述出来，其中好坏是非任由读者分辨。

市 容

头枕着波音747客机高高而松软的座椅的靠背，脑袋里一直萦绕着一个疑问：伦敦会是一个什么样的容貌？是过去在影片和画片上见过的那种老样子，还是已经改造成一座高楼耸立、立体化的现代城市？

当汽车驶入市区，在我面前展开的却是一幅几乎一成不变的古老的伦敦风俗画。古老的歌特式的建筑物，大厦、教堂、钟楼与尖塔，到处是木结构旧式屋宇，到处是平展的绿草坪，到处竖立着古代名人的金属雕像。在波光粼粼的泰晤士河上，架着大马路一样宽阔的闻名世界的滑铁卢大桥。它洁净又灰暗，美丽又深沉，高雅又古朴，只有伦敦才是这个样子！

它很少现代化建筑，很少高楼，最高的一座楼只有五十三层，这座楼要是搬到纽约去，恐怕就像一只不起眼的小狗儿了。

起初我以为这是英国近年来经济拮据所致，后来才知道这猜测只对了一部分，还有一个重要缘由是英国人对自己的古代建筑视如家传珍宝，故此英国政府得以很容易地通过一项法律，对旧建筑只准装修加固，不准推倒而另起高楼。一般大饭店、旅店、商店、大公司企业的办公楼，室内设备都采用最新的光电和电子设备，使用电脑和计算机工作，楼外依然不改旧容。房子不动，街道也无法改变。因此，伦敦市区极少新式的多层公路和立体交叉桥，处处是弯曲回转的窄街，而汽车不比其他国家的大城市少，道旁再停一排排车，开车的人就非有高超的闪转腾挪、找缝插针的本领不可。所幸是英国的交通管理很好，车祸不多。可是，伦敦人口八百万，市内分作三十个区，占地比北京大得多，小路小街纵横穿插，交织如网，绕来绕去，就如入迷阵。我们的司机是瑞士人，已经在伦敦一家出租汽车公司当了六年司机，天天开车到处跑，往往还要停住车，皱着眉头左看右看，然后不得已拿出一本厚厚的伦敦市区详细地图，或用步话机与有关部门联系询问。这个瑞士小伙子脾气急躁，常常因驱车陷入不知名的街里而发起火来。我问他为什么还要干这行。他却告诉我，他爱古老的伦敦。

狄更斯笔下的伦敦街景，至今在伦敦市里逛一逛还能见到。迷恋于英国传统风习的人，处处都能见景生情、重温旧梦而得到心理的满足。

街上经常可以遇到古代人物的雕像，不单美化城市，每座雕像所包含的历史内容都为这座城市增添了一份历史感和精神财富。

公元1666年9月2日夜间，位于泰晤士河西北部的伦敦旧城，由于一家小商店起火而引起一场至今听起来不寒而栗的大火灾，虽然旧城的市民大部分都逃到泰晤士河南岸，却烧毁了一万三千所房子和一百座教堂，几乎毁灭了全部的伦敦城。目前的伦敦城大多是17世纪以后的建筑物。尽管如此，英国人认为各个时代的风物都能体现各个时代的风貌，故此当今伦敦大街上，连三四十年前的两种有特色的交通工具——红色双层公共汽车和黑色长车头的出租轿车，都在保留项目之内。此外，街上既能见到戴透明头盔、骑摩托、胸前插着步话机的现代警察，也能看见骑黑马、穿旧式黑色长衣的维多利亚时代模样的巡警。大多商店门口都挂着各种徽号、标记与书写着该店开业时的去之久远的年号。哪怕一个当年有特色的门板、铁栅栏、壁灯、铜把手，都不肯更换，以保持与旧建筑的风格一致。然而，在这个一切都商业化了的国家里，商店老板为了用“英国情调”来招徕异国的游览者，难免编造自己店铺的历史。比如Portsmouth街上的“古玩店”，墙上写着查尔斯·狄更斯的名字，言其店铺就是狄更斯所写的“老古玩店”，外国游客都把它当作一个文化遗迹来游玩并购买一点纪念品；这店铺虽小买卖十分兴旺，当地伦敦人却未肯置信，但游客不是考古家，巴不得所到之处都是名胜。即使有假，也以假当真罢了。

雾都缺雾

伦敦由于常年大雾弥漫而别号雾都。按照过去气候的常规，在我们访英期间，正是伦敦多雾时节，但多日里只遇到了一次雾。那是到达伦敦的当晚，大使柯华同志请我们吃饭。我们一出旅店就感觉一阵潮湿、浓重又阴凉的气息扑面而来。周围的楼房都隐没在烟一般迷蒙的空气里，只有五色变幻的霓虹灯远远近近亮着，在雾里反而分出层次。汽车都改用黄灯，却只能照出一两丈远，必须缓缓而行。在使馆，柯华同志带着得意神情请我们参观他的后花园，想来他的花园非同寻常。推开落地玻璃门，雾正大，在夜色里，雾反而发白，好像把冲淡了的奶汁凝滞在空气里。花园的大部分被这浓雾笼罩，只能看清面前一片异常茂盛、艳丽多彩的花卉，远处是一片浅淡、模糊、丰富而斑驳的颜色了，只有用想象去补充了，就像任何艺术佳作，给人留下可以充分发挥想象的空间。我初步领略到伦敦雾的神奇。

但是我只见过这一次而已，英国人说这是我们的福气。现在住在伦敦的人也很少遇到降雾了，雾都差不多已是徒有虚名了。

据这里英国人对我解释：原先造成伦敦多雾的原因之一，是伦敦过去千家万户都用煤炭来烧饭取暖，地面的热气上升，在半空冷却而凝结为雾。前些年，伦敦工厂日多，煤烟腾空，污染空气，居然降下“黑雾”来。同时工厂排出的废水注入泰晤士河，致使水浊鱼死，生态委顿。近些年伦敦政府采取严格的法律措施，制止在伦敦市区建立工厂，严禁污水流入泰晤士河，也不准市民烧煤炭，改用电来取暖烧饭。在英国人的习惯中，喜欢天冷时，吃过晚餐，把壁炉上火炭烧旺，一家人把椅子推到炉前，取暖、饮茶、谈天、读书。现在虽然不烧火炭，英国人仍不愿意丢掉饶有诗意的旧的生活习惯，于是电器商店里就能见到一种有趣的代用品：在仿古的烧炭的铁架上，用红色玻璃制成木炭堆形的罩子，尖头染黑，罩内装上电灯和电炉丝。打开电门，立即发热，那局部染黑的红玻璃十分明亮，再加上罩内有个小轮子转动，使红光熊熊闪动，酷似燃烧的木炭，使人走到近前，都不敢伸手一触，担心烧伤手指。这么一来，伦敦的“黑雾”真的就从此绝迹，泰晤士河的水渐渐变清，河里漾着清凌凌的微波，各种颜色的机轮、游艇、帆船在河边停泊，或在中流游弋；成群雪白的海鸥款款起落飞行，河面上的空气好似真空一般纯净，隔岸的景物如同在眼前看的一般真切，连天空都显得清阔和辽远了。然而同时，著名的伦敦雾也渐渐消失。如今在古老的议会大厦、圣保罗教堂、大英博物馆等高高的花纹繁复的石墙与石柱上，还能看到过去数百年来大雾熏染发黑的痕迹。英国政府对这类古迹是不准粉饰、油漆和刷新的。这些片片黑乎乎的痕迹，好像在向我们诉说过去雾都的奇观，以及大雾笼罩下无数代英国人的种种命运与故事。当然这些故事，冰冷而黝黑的石墙是不会记录下来的。但是，前几代忠于生活和同情人民的英国作家已经给我们留在那些不朽而著称于世的作品中了。

闹市　草坪　公园

雾少了，雨还是像过去一样多。

伦敦城上老天爷的脾气可谓一天三变。早晨起床看到窗外一块平静纯净的蓝天，吃过早餐一出门，可能就已经下起霏霏小雨来。因此，晴天里看见英国人手拿一把折叠小伞，毫不足怪。老年人则手执一把弯柄长伞，天晴时当拐杖用，下雨时张在头顶上。这种天气，成了伦敦养花、植草、种地得天独厚的条件，根本不需要浇水与灌溉；由于经常阴天降雨，花草植物也很少因暴晒而枯干憔悴。气候适宜和水土充足，草木都像终日得到温饱的汉子那样长得精壮和丰满。

绿草坪在伦敦城内是随处可见的。无论市区或郊区，建筑群和车水马龙常常被大片大片的绿草坪隔开了。这是车海中的绿洲，闹市中无声的净地，大城市嘈杂的喧嚣在这里得到净除。这些草坪，不需经意栽植，一概长得茂密葱茏，只是长得过高时，需要用电动剪草机在上边一推，就成了平坦宽展、碧绿如洗的绿毯一般。这些草坪有的被利用作为天然的网球、足球、橄榄球和高尔夫球场，有的则是花园中最常见的一部分，有的便是附近居民散步的地方。

有时，我们吃过饭，出来踏着草坪，在草坪中间、大树夹峙的小道上遛一遛，看看远处的街景，呼吸一下新鲜空气，不知不觉，陪伴我们的英国朋友会说，这是某某某公园。

我抬起头四下一看，并无胜景，诸如亭台楼榭、游戏器具，以及小卖部之类。人反而更少了，只不过两旁的草坪更宽敞，树木更多。自身感到有种陷入大自然的基调——绿色的包围中之感。偶然会在道旁见到一张空无人坐的长椅，上边散落了几片入秋而变红的大叶子。有时能看见草坪上躺着一个人晒太阳，或有一群白鸽在觅食，或有一个老年妇女在训练她的狗。有时，还能碰到一泓池水，水边有些湖鸭、海鸥、鸳鸯和鱼鹰嬉戏。这些禽鸟不怕人，只管落在树杈、枝头、岸崖和木桥的栏杆上，与周围的景色十分协调；你的心不自觉地陷入这和谐静谧的气氛中去了。在繁忙的访问和高度集中精力的交谈中，脑神经好像结满疙瘩扣结，此刻一下子完全松解开了，彻底地松弛了。我想，这对于习惯紧张工作的伦敦人，也是一种极好的休息和缓冲。

那天，英国利兹大学中文系教授詹纳尔请我们在唐人街一家广东馆吃锅贴和水饺，然后出来散步，不知不觉走进一片水光树影、清气袭人的环境里；我们给彼此的话题所吸引，不知不觉又走进喧闹的卡纹德市场。詹纳尔告诉我，刚才我们路过的地方，就是伦敦著名的圣杰姆斯公园，我听了心里一动，后悔刚才没有好好赏玩这著名的公园，但回想刚才留在眼帘里的，也不过一些横斜的老树、草坪、禽鸟和池水罢了。詹纳尔却告诉我，英国的公园大多如此。英国人喜欢自然美，不喜欢人工雕饰的痕迹。公园大多都没有围墙，因为围墙会把人和自然隔开。我想这大概是身居闹市的人，都怀着对大自然美的一种强烈的渴求吧！这种渴望还突出表现在人们对于草坪的感情上，他们的楼前屋后哪怕有几尺见方的空地，也要铺上草坪。尽量使城市和大自然融为一体，也是伦敦给人的一个强烈的印象。

有位英国人问我："你认为伦敦的特色是什么？"

我半开玩笑地回答："室内的地面被地毯所统治，室外的地面被草坪所统治。"

这个英国人一扬眉毛，跟着点头说："对，对极了！"

我又补充了自己的玩笑话："这样也就听不见你们的脚步声了。"

这位英国人捧腹大笑起来。

商　店

尽管伦敦是英国政治、文化、新闻、金融的中心，国家最高政府机关和大企业本部的所在地，但在市里一转，触目皆是的却是商店。伦敦市八百万人口对各种日用工业品和食品的需要，全都倚仗着这些商店。商店无论大小，一概是私人的买卖，为了赚钱，自然要摆布得怪异夺目，以便在相互的争奇斗艳中胜上一筹。于是各种广告标奇立异，从街头扩展到球场、地铁、剧院、书报，以至电视屏幕上，各种商品给打扮得五光十色，蜂拥般地捧到你的眼前。乍看上去，自然有一片繁华之感。

由于英国政府不准拆除旧房，商店除去巧妙地使用室内面积之外，便向地下发展。一般商店都有地下室，呈窄口大肚儿的葫芦状。尤其是闹市要道，各类商店鳞次栉比，有些廉价的快销品都摆在门外，使顾客买起来方便，得以多销。在这种地方，买卖要比在偏僻之处好做得多，老板们都想来争一块地皮。因此，大型百货商店反而少些，各类小店小铺却十分多。我在河滨大街上见过一个三角形的、占地只有一平方多米的小杂货铺。老板在一条二十厘米宽的柜台后，只能站着，背后全是货架，摆满烟酒杂物和纪念品之类。他肚大腰圆，在窄小的空间里转身取货时颇不灵便，但他气色和精神都十分好，满面带笑，看来生意不错。这个如同清代衙门的“站笼”一般的杂货铺恐怕是世界上最小的商店了。

小店小铺依旧是20世纪的面貌，现代化的电动楼梯和电子计算机计价设备，只在少数大百货商店内使用。大百货商店一律开架售货，电视监督。顾客抱着挑选好的物品到收款处计价付款即可。

顾客付款数目较大时，除用支票，可用目前西方十分流行的“信用卡”。所谓“信用卡”是顾客存款银行印制的如同名片大小的硬纸卡片，上面印有顾客存款的户头号码。顾客把这卡片交给收款人，由收款人用一个特制的小型机械装置，把“信用卡”复印下来，连同发票一起交给银行办理划拨手续。这对于收款和付款两方都十分便利，也免得顾客带许多钱而遭窃夺。

依照英国人的习惯，喜欢自己的服装、鞋帽、腰带、提包，以至一个小别针及其家中各种家具陈设都不同于别人，强调自己的个性和好恶。因此，对各种商品颜色式样的要求全都不一。顺应顾客需要是商店的营业原则，因此商品的花色琳琅满目，很少重复。你在某个商店见到了一种商品，常常是独此一件。麻烦是，在这里错过机会，到其他地方就很难再找到；好处是，你处处都可遇到意料之外的新样式和新品种。这些商店的货源来自世界各地，而最常见的是日本货。伦敦有条长长的“电器街”，电器商店一家紧挨一家，橱窗和货架几乎给日本各大电器公司的产品所占领。大街处处都能见到擅长竞争的日本厂家的广告。连我看的一场英国甲级足球赛也是日本 JVC 电器公司投资赞助的。JVC 的字样出现在每一张球票上，这样的广告宣传真可谓无孔不入了。

这些大大小小、成千上万家商店之间，竞争相当厉害。减价和抛售是手段之一，但并不万能。由于商店过多，顾客就少了。一座大型百货商店里，平常最多能见到几十个顾客。但是它每天开支庞大（包括水电、职员薪金、商品的积压耗损等），如果经营不力，入不敷出，日久天长就会被压垮。一天晚间，我在伦敦街看见一幢很大的楼房，所有的灯都闭着，在灯火通明的夜市上呈现出死气沉沉的一片。原来是家超级百货商店，在一周前因无法支持月月亏损的困境而终于关了门。老板及时把货底盘出，还能保住部分老本，另谋发财的事去做。在这种情形下，单靠经营手段和广告宣传还不够，它迫使商店职工拿出最良好的态度来对待顾客。千方百计抓住顾客，才是做好买卖的根本。

不论何种商店，职工都有一定格式的服装。服装大多做得考究而雅丽，以适合英国人把自身穿戴整洁作为尊重别人的习惯。你一进商店，立刻有职工彬彬有礼、面含微笑地迎上来，询问你的需要并向你介绍各种适用的商品；高级商店还有人专管迎送顾客，开门关门，代叫出租汽车。你买他的东西，他就要向你道谢，始终给你一张笑脸。我暗中留意，发现他们面对你时掬起笑容，扭过脸笑容就立即消失。难道为了商业的需要，连人的表情也商品化了？但我又想，这总比给你一张冷若冰霜的面孔舒服多了。

英国人每周上班五天，商店营业六天。周日法定全部关门休息。在所有平日人声鼎沸的闹市区里，周日便显得一片冷清，行人寥寥。英国人每周发一次薪金，所以周五下了班和周六一整天，人们都上街买东西。这是商店赚钱的良机，万千商店都张开架势，商店的橱窗加足灯光，好似瞪圆的眼睛，灼灼窥向顾客的腰包，灯光五彩变幻，映得路人脸颊忽红忽绿；入夜后，商店上门，橱窗的灯火也要亮个通宵。老板睡觉时，也不放过向夜游客们展示一下商品的时机。

唐人街见闻

伦敦市内有数万华人，唐人街便是必不可少的了。它就在我住的旅馆背后，在索霍区南面的吉伦特街一带。稍一得闲，它便像磁石一般吸引我去。

出门在外，碰到老乡分外热乎；身在异乡，遇见同胞更感亲切，这是人之常情。

唐人街不是一条街，而是华人开办的商店餐馆的集中地。故此在美国的旧金山，有人把唐人街叫作中国城。猛一看，颇像解放前上海的永安公司和天津的劝业场一带。只不过更加阴暗、狭窄和破旧罢了。但林立的招牌广告上，大多以中国字为主；街上来来往往人的面孔也都十分熟悉。这对于任何一个初到异国的中国人都会激起一阵子温暖亲近之情。

常到这里来的，多是久居伦敦的老华侨，再有便是由香港、台湾、东南亚等地来做生意和旅游的华人了。有人虽穿西装，却遮不住黄帝后裔的模样。在外国人的世界里，中国人的特点鲜明地显现在外，一望即知。我遇到一位曾在国内设法把自己装扮得“洋气”些的女孩子，她真的到了洋人的天地间反倒常往唐人街上跑。站在唐人街，我想到国内一些恨不得自己化为“洋人”者，不妨到国外，在金发碧眼的洋人群中生活些日子，自会尝到难受的滋味。且不用说生活习惯和感情方式的不同，单说一日三餐，奶油大肉，生菜冷饮，不出几天就被搞坏胃口。即便在此地居住了三十年的老华侨，还是愿意到唐人街上来吃些适口的家乡饭菜，采买各种熟悉的用品，说几句平时不常说的中国话。人们之间的表情举止也好像协调了。在这个建筑在异国土地上的中国城里，虽然闻不到故土味道，却能嗅出亲人们的气息。

唐人街上主要是小店铺和小餐馆，店内职工也是华人。餐馆多做广东风味的饭菜，什么纸裹油盐排骨、生菜包肉、清蒸龙虾等都有，而且是依照广东馆的规矩，先上一壶热茶，随后才是饭菜。其他也有北京烤鸭和天津锅贴之类。时而也有些外国人来吃一顿中国饭菜，他们使起筷子同我们使用刀叉一样不习惯，因此他们常用勺儿来对付这些煎炒得光溜溜的小块肉菜。至于商店的种类更是五花八门了。其中的古董店，专门出售中国的假古董（或称仿古工艺品）。凡国内工艺品店所能见到的物品，这里几乎都能见到。什么瓷人、铜炉、灯具、木雕、牙刻、绢花、风筝、玉器和内画的玻璃烟壶之类一概都有。有的是中国的出口货，也有香港造、台湾造和长于模拟的日本造的仿制品。这儿还有两家书店，一家是一对香港出生的年轻夫妇开办的，名叫“光华书局”，专门出售国内书籍，文艺、史籍、科技各类都有，虽然仅仅里外两间房，种类繁多而齐全，近些年国内出版的新作品和世界名著的中译本，几乎应有尽有；国内的主要杂志《人民文学》、《收获》、《十月》、《文艺报》等，也都能见到，只是迟了两期罢了。无怪乎英国一些研究中国文学的专家们谈起当代中国文学情况来，知道得那么详尽呢。另一家书店是台湾人办的，所陈列的书籍都是台湾和香港出版的书籍，其中有於梨华、白先勇、杨直矗和目前蜚声港台文坛的女作家三毛与汤亭亭的作品，也有金庸和梁羽生的武侠小说，此外便多是公案、言情、侦探、神怪等平庸的消遣小说，封面设计怪诞刺激，带有商业味道，反映当今港台文化之一斑。自然与“光华书局”的面貌全然两样了。

这些在唐人街上谋生的人，生计并非容易。买卖都是小进小出，只就餐馆来说，远不如英国人的饭店阔绰。大多是小门脸、小房间和小餐桌。酒馆设在地下室。我应一位华侨的邀请去一家叫作“金唐大酒家”吃汤面馄饨，这家餐馆的老板是个30多岁的香港人，在一条街上共开办了四家餐馆。乍听以为他必定富有又安逸，其实不然。由于近年来国外的劳资关系有所变化，这种小餐馆的老板也得和伙计们一样迎客送客，端酒送菜，收拾饭后的残局；餐馆一般在晚九点钟开始才进入上座高潮，直至午夜，老板得天天精神十足地忙到关门闭灯。他要照看四个铺面，不停地跑来跑去。我看他跑进跑出的身影，迎送客人不停地说着道谢的话，打开香槟酒和啤酒罐头时快速又利索地抖动的手腕，活像一个四肢忙碌得没完没了的机器人，我真想不出他的生活有什么乐趣和意义，不过为了自己将来的晚年积攒一份生活佣金罢了。由此始知在外华侨谋生的艰辛。

一天，我用早餐时，有一位谢了顶的中年华人跑到面前。他好像看出我们是从国内来的，他说他是台湾人，已经在耶路撒冷做了六年首饰生意。他关切地问我："听说国内情况很好。有私人开小铺的了？农民生活也好多了吗？"在我概要地向他介绍一下情况之后，他便说："我真想回去看看！"

"我真想回去看看！"——这是我遇到的许多华侨商人、店员、画家、大学教授们共同而迫切的心声。

"我真希望你们能回来看看！"

我热切地回答。我想，事实在，用不着多宣传；人人都有一个能够区分好坏是非的脑袋。只要他们回来看看，就会从当前中国大地的变化中得到更直接、更真切、更深信不疑的感受。

"我们需要一种安全感"

我在去英国之前，几乎天天从电视中看到利物浦等地由于失业问题而引起的骚乱情景。骚乱也涉及伦敦。到了英国，一位接待我们的英国人说："骚乱已平息，目前很安全。"她还说："一般情况下，英国是很安全的。不像美国私人可以收藏武器。在英国没有官方签发的特殊的枪执照，私藏枪支就犯法；警察也不准随便开枪，对付骚乱使用的是塑料子弹，只能伤人而不会致死。当然，倒卖枪支的人也有，但很少，因为警察抓他们！”

听过这话，过了三天我就不大相信了。我发现，我所住的旅馆走廊上有许多道门，其间距离不过二十来步，门簧很紧，推动起来颇吃力。据说这是为了在匪盗作案后逃跑时，能产生一点阻力，使匪犯不易逃脱。而且在旅店每个房门上都有一个衣扣大小的孔眼，内镶豆儿大小的放大镜，有人敲门时，可以从小孔向外张望，若是熟人就可开门请进来，如果怀疑来者企图不良，就不开门，这也是防匪措施之一。晚间，躺在床上，耳闻大街上警车的笛声彻夜不绝，不知是火警还是匪警？再有便是剧场演出中间休息时，台前要放下一道厚厚的白色幕幛，上边写着“安全幕”。意为台上万一发生危险的事不会影响到台下。我颇不理解，便询问相伴的英国人，她说：“其实安全得很。只不过我们需要一种安全感。”

我不禁推想，如果太平盛世，匪盗敛迹，没有不安全的事情威胁人们，何必需要“安全感”呢？由于礼貌之故，我把这想法留在心里。后来我们在伦敦大学举行报告会后，在返回旅馆的路途上，本来只用二十分钟就可到达，却绕道走了一个多小时。原来繁华的牛津街刚刚发生一起炸弹爆炸事件，很多路口戒严，不准通过。据说有人在一家餐馆里放了一枚定时炸弹，然后打电话告诉警察，警察赶来，在取雷管时发生爆炸，炸死了一名排爆专家。

在汽车上，相伴我们的英国朋友的话很少，看来她有点发窘。我的推想并不错。英国人的确需要安全感，这不是一种莫名其妙的心理状态，而是对不安的社会状况的反映。我倒不怨这位英国朋友不对我道明实情，她或许由于民族的自尊，或许为了使我们在访问期间没有任何忧虑。或许这两种原因都有。

鲜花和鸽子

英国人从小到老，对鲜花和鸽子都有着传统的、深情的喜爱。在伦敦随处都可以看到花枝招展和鸽群飞翔，它们使城市更加美丽和富于生气。著名的 bucking hampalace(俗称鸽子广场)是鸽子的集中处。大概由于鸽子们在这里可以吃饱肚子。人们花十便士（一百便士等于一英镑)就能从小贩那里买到一小塑料杯鸽食，顷刻引来鸽群降落身上。如果在其他地方看见鸽子，你在手掌上放些面包渣，立即也会招来鸽子。鸽子不怕你伤害它，这由于英国有一条法律是专门保护鸽子和小动物的。伤害小动物便要受罚。于是，鸽子就可以在城市自由活动。有时能见到一只鸽子神气十足地立在双层公共汽车的顶上，悠然自得地东看西看，免费乘车观赏市容。这样一来，麻雀也沾了光。这种在我国北方被称作“老家贼”的机警精明的小鸟，在伦敦市里却傻乎乎地不怕人。你拿米渣谷粒喂鸽子时，麻雀也会一群群落在你膀臂、肩头和帽顶上，没人捉它们，伦敦自然也就没有“炸铁雀”的酒菜，连唐人街上也没有。

鲜花不仅仅是花园里的主角，在车水马龙的闹市上也处处能见到。许多商店的门顶和墙沿上都栽种花草。这些花草多为软枝长蔓，夹着大小花朵垂落下来，煞是好看。有的人家不仅在窗内摆上花草，窗外也栽上一排，名叫“窗香”。更有爱花狂者，在楼墙上钉满长长的大铁钉，钉子的式样是古老的，钉头雕着鸟头或兽头，挂着各式各样的花篮，里边栽着各种颜色的花儿，给雪白的粉壁墙衬托得明丽耀目，看上去颇为壮美。此外在旅店、餐馆、剧场、店铺和大公司的办公房里，处处摆放鲜花。或用竹篮，或用铜筒，或用瓷盆陶罐。因此，做鲜花生意的人就很多，十字街口常常摆放一个五彩缤纷的鲜花摊。伦敦的气候潮润，花草易生，加上英国人对花的爱好，促使养花业的发展，培植出各种名贵又奇异的花草来。你若对他们鲜花的奇异估计不足，碰到一束花儿，花冠硕大如球，花瓣肥厚如掌，颜色艳美而罕见，便会以为是假花，用手指掐一掐，却流出清凌凌的汁液来，原来是束鲜花！我在兰伯斯区的西奥马德图书馆里看见一个大瓦罐里插着一束红叶，又鲜又美，疏疏落落，饶有诗意。我轻轻一捏，原来是用尼龙做的，我上了当！看来，真的愈受欢迎，假的就搞得愈逼真。还有一个奇特的美学现象：最好的假花像真花，最好的真花像假花。此中道理，颇有点嚼头呢！

/ 勃朗特三姐妹 /

自曼城往北一百多公里，在起伏的丘陵中隐伏着一个原本平凡的小镇霍沃思，它便是勃朗特三姐妹的故乡。

三姐妹就在这里演释出世界文学的奇迹。

母亲的早逝把孩子们留给父亲带大。父亲是乡村小教堂的穷牧师，收入甚少。但三个女儿和一个儿子以非凡的文学和艺术才华，使他们的小楼色彩缤纷。读书、弹琴、画画、写作，还有愉快又充满想象的交谈。同时，又被贫穷死死纠缠着。

艾米丽和夏洛蒂都去做过当时低人一等的家庭教师；夏洛蒂为节省纸张，只能用很小的纸块写很小的字。现在故居里还保存着夏洛蒂一些写满了蝇头小字的纸块。地势较高的霍沃思冬天很冷，连取暖都成了生活的压力。夏洛蒂自制的厚厚的连腿袜套在她的房间里可以看到。夏洛蒂和艾米丽画得都不错，最有绘画才华的是排行老二的兄弟布朗威尔，他被宫廷肖像画师劳伦斯看重，但在一次失恋后堕入无度的狂饮与沉沦之中，不但前途无望，更加重了家庭的困境。然而就在这生活的阴影里，夏洛蒂和艾米丽分别写出使英国文学为之自豪的《简·爱》与《呼啸山庄》。从这两部书中可以感知她们心灵的苦楚与渴望。妹妹安妮也写出她的长篇小说《艾格妮丝·格雷》。

这兄妹几人命运的悲惨也是一种人间的极致。他们都没有活过40岁。二姐艾米丽去世之前患精神病，她活了30岁；三弟布朗威尔死于酗酒与吸毒，29岁；大姐夏洛蒂婚后不到一年便死去，39岁；妹妹安妮猝死，年仅21岁。这一家人的命运是个不可思议的谜。

有人说霍沃思这地方的人大都短命，活过40岁便是幸运。我在村中小教堂里去看勃朗特一家人做弥撒的地方时，教堂的神甫告诉我，致命的缘由来自饮用的河水。水由高而低，先流过教堂后边的墓地，墓地里死人太多，细菌太多，害人致死。可惜那时代没人想到这个根由。

一家姐妹三人全是杰出的作家，世上没有第二。在音乐上也只有这样一个奇迹，便是奥地利的施特劳斯家族。记得画家吴冠中一次对我说他决不叫儿子学画，他的道理是一个真理：艺术是没有遗传的；或者说，如果一个伟大的作家和艺术家在某处诞生，是因为上帝吻错了地方。

/ 在旧梦中甜睡 /

在伦敦的艺术家俱乐部里，国际学会的秘书长、庄重而温文尔雅的艾伊斯托布请我们午餐时，问我：

“你对伦敦的印象如何？”

我笑着告诉他：

“天上的变化很大，地上的变化很小。”

他也笑了，同意我的看法。伦敦是典型的海洋性气候，忽阴忽晴，忽雨忽风，天上不得一点安闲；而在现代世界日新月异的变化里，伦敦地上的一切还保持它旧日迷人的风姿，即使这艺术家俱乐部也是一样，繁复的吊灯，雕花的壁板，满墙都挂着鎏金框边的古旧的油画。这些油画大多是上一两个世纪画家的作品，画法古老，人物肖像居多，在阴暗的背景上是一个个往昔的名人，长久地保持着英国特有的微微的自尊的笑容。这俱乐部的成员历来都是英国著名的作家、诗人、记者、编辑、画家、演员、导演和享有盛誉的音乐家们。如今依旧如此，一般人是很难入内的。俱乐部过去有一条奇特的规定：妇女不能进来。据说这规定至今仍写在该俱乐部的条例上。我听了不免吃惊，在这个自称为“妇女解放”早已不成问题的社会上，居然在一个公共场合里还保持着这样一条古怪而莫解的陈规。但我在俱乐部却看见不止一两个女人，而我们的翻译也是女的，我问过他们方才得知，如今规矩不像过去那样严格，妇女不是绝对不能进来，只要和俱乐部事先打个招呼就成。看来英国人的兴趣已经不是这些规矩的内容，而是饶有特色的旧形式和遗风。这些，从他们生活中时时处处都能强烈地感受到。首先是他们的城市外貌。关于伦敦的风物，我已经在另一章详细描述了。这里介绍一个比起伦敦，所谓“英国情调”更为浓郁的小城。

难忘的诺维赤

诺维赤是距离伦敦很近的小城。我们要到那里一座很有名的大学“英国东部大学”去访问。汽车驶出伦敦，刚刚把闹市甩在身后，车窗外出现一片令人心旷神怡的英格兰风景，漫无边际的四野刚刚收割过庄稼，像生过胎儿的母亲的脸温柔又平静。田野连着山坡，山坡起伏平缓，给一层繁密而变红的秋草遮盖起来。由于伦敦降雨充足而没有沟渠，隔开这原野的唯有一片片高大丰满的阔叶林和一道长长的标志着土地所有者之间界线的木围栏。云彩在远方浮动，乌鸦在草地上觅食，再有就是一捆捆切成四四方方、码得高高的干草垛了……宁静、坦荡、平淡无奇，却具有诱人的魅力。我忽然想到醉人的风景画家康斯太布尔是从哪里得到的启发和秘诀。原先我担心在高速公路上会晕车，预先吃了防晕的药片，以为准要在车上睡一觉，不想却没晕车，精神反而很足，眼睛盯着车窗外的景物，不知不觉进入一座幽静的、古色古香的小城。这就是诺维赤了。

我们在东部大学，与学院的教授和学生们谈了多半天，回到下榻的旅店时已是黄昏。诺维赤是个只有十二万人的城市，商店不多，千百年来，它一直遵循着老规矩，到了下午五点钟，所有铺子都关门，早晨要到十点之后才开业。市民们用他们上几代人一样的生活方式度日。到处都是古老的房屋，这些房屋大都在墙上挂着花篮，古老斑驳的灰暗的墙壁与颜色艳美的花草互相辉映，显得又古朴又有生气。街面还是用柏油和石子铺轧成的，便道上铺着石板，年深日久给行人的鞋底擦磨得亮光光。街上没有警察，没有汽车，没有尘土，连行人也很少。两条小街的交错处常常有一块狭长的绿草地，摆一两张长椅，坐着一个老人歇憩或一个年轻姑娘看书。一群灰白相杂的鸽子就落在脚前，有的立在椅背上。坐在椅上的人看着它们，偶尔逗一逗它们，现出轻松闲适的快意。这哪里能看到20世纪80年代的气息，分明是古老英国的再现。他们祖先就这么生活，他们依然照旧这样生活。

第二天，我们在离开诺维赤之前，参观这里一座15世纪的著名的大教堂。这座教堂和伦敦的圣保罗教堂建造时间先后差不许久，却显得比圣保罗教堂更为古老。我想这感觉大概是周围的环境气氛造成的——走出教堂，全是矮小的旧式的带花园的小楼。尖尖楼顶，瓦片大都给潮湿的空气染上绿苔，许多家院里大多有水池、石椅，甚至小小的雕像。四下里安静得只能听得见自己的脚步，而我们不觉都把脚步放轻了，生怕惊醒什么似的——是不是怕惊醒这座沉睡在前几个世纪生活情趣中的城市？我真想不到在英国还能看到连生活习惯都很少变化的地方。走在这个城市里，就像走进狄更斯、哈代或萨克雷的作品里。虽然我在诺维赤只住了一夜，回到伦敦的闹市中，每每还想再去一次诺维赤。东部大学文学系主任、当代英国著名作家布雷德·伯里在他送我的一本书《你认为你是谁？》的扉页上签道："以最美好的感情愿你记住在诺维赤的访问。”是的，我不会忘掉的。诺维赤已经鲜明而永远抹不掉地留在我的记忆里。这包括我在这里所接触到的英国朋友们的友情，还有这座城市的面貌，它的特色，以及传统的充满诗意的生活情趣。好了，诺维赤！尽管我还没写到你那些街角、你那些小桥、你那些小店，我担心再写下去，怀念你的情绪会折磨得我受不了。但愿你再一次出现在我眼帘里时，不是梦中的幻想，而是在将来一次幸运的重游中……

小小酒吧间

在伦敦黑人区有家带一间餐室的小酒吧。据说这酒吧已有二百多年历史。买卖不大，客人不多，一走进门就给人一种古老的气息。大理石雕刻的壁炉洞里燃着几段木头，炉前趴着两条狗，一条纯白小狗，一条又肥又丑、短尾巴、浑身通黑的大狗。柜台包铜的桌沿给客人袖筒磨出一道道浅浅的凹沟，墙上的木板上摆着古代的酒桶、有纪念意义的刻字的铜盘、木帆船的模型。吊灯和壁灯的铜灯罩原是鎏金的，金衣已然剥落不整，却依旧擦得锃亮。地毯颜色暗淡，许多地方已出现破洞，四边毯线的经纬散乱不整。窗帘也是如此，图案也是旧的。老板深深懂得这旧毯旧帘比任何新物品更有情调，更有古老的感觉，非但不肯更换，反而当作珍宝。室内的幽暗处，一个老人在摆着花篮的桌上独自摆牌；屋角陈放着一架立式的、漆成白色的旧钢琴。我坐着，望着那关着琴盖的钢琴，不觉幻觉出20世纪此处的生活。这时有一阵轻轻的琴声传进我的耳朵，好似琴前坐着一个穿着黑燕尾服的钢琴师。谁在弹琴？我清醒过来一看，琴前无人，琴声却没断，原来墙角最暗的地方挂着一个音箱。音箱的音质很好，我走上前一看，竟是日本索尼公司的产品。

把应用的现代设备藏起来，将古老的英国风味的东西摆在外边显眼的地方——英国人就是这样处理现代和古代关系的。

在城市规划上，英国决不允许除旧更新。旧建筑分为两类，一类是有纪念意义的古建筑，那连粉刷和油漆都不准的；另一类是一般的旧建筑，也只许装修和改装内部，不许拆除和改换门面，以保持旧的风貌。因此，英国商店的门脸很小，有的两扇小门，有的仅仅一扇小门，门外的一切装饰都是旧式的。进了门，里边却像钻进牛魔王的肚子，宽敞得很。有的上有楼、下有地下室，采用电子计算机工作，但英国人决不认为现代的设备才是最值得自夸和向人炫耀的。现代设备给人带来方便，是供人享受的物质；而古代的、先辈遗留下来的、为数有限的物品，包含着历史内容和民族特色，才是一宗真正值得自豪的精神财富。我在英国中心文化委员会副主任布鲁克小姐家做客时，这位小姐指着她的客厅里两个古老雕花的木箱美滋滋地说："这是我妈妈给我的，是老的。"

一切都是旧的好——这几乎是每个英国人对待他们的世界的看法。虽然这里边也包含着他们保守的一面，却也表现了他们对待古代文明的高度重视。其间，有文化教养，也有爱国精神。一个不知道什么是自己民族的财富的人，谈起爱国就不免肤浅和盲目。此时，我忽然想起前些年被拆掉的北京风味十足的旧东安市场，想起被当作交通障碍而推倒的天津旧城中心的古楼，想起多年来各地被毁掉的数不尽的庙宇和有纪念意义的建筑。致使许多古城，没有古迹可寻。真是遗憾不已呀！我们被"无知"害苦了哟！

"黑礼服"宴会和"老爷车"集会

去到英国的第二天，就被邀请参加英国最有名的"麦康乃尔"文学奖揭晓和授奖仪式。我收到的请帖的右下角印着一行英文字：Dinner Jacket. 开始不明其意，后来才知道这是"黑礼服"之意，凡收到这种请帖，所参加的必定是十分庄重的场合，依照英国传统习惯，这种宴会都在晚间，男人则必须穿上黑色礼服、白衬衫，颈上系黑领花。我没带黑色西装，只好将就一身深灰色的。晚间到了宴会厅，那是一座15世纪建成的古老大厅。进了大门男女宾客都要分别到一间盥洗室梳妆打扮一番，整理一下衣装。进了大厅，厅内所有男人都是通身乌黑的西装，黑领花，只在领口处露出一角雪白的衬衫，好像一群企鹅或乌鸦。女人们都珠光宝气，却绝没有时髦衣饰。这样，穿灰西装者，仅我一人，也就分外扎眼。有些英国人不免好奇地打量我一眼。

在宴会上，备名酒数种，几道菜都很新奇，如野鸡翅膀、草蘑菇之类。上菜的侍者也都格格正正地穿着黑礼服，看来英国人对这种传统仪式的兴趣高于一切，享受这种仪式，便好像得到一种怀旧心理的满足。这种仪式不是一般场合都能摆布出来的，他们同时也就获得了非同寻常的荣誉，故此英国人对这种场合是认认真真、郑重其事来做的，决不苟且，或像演戏一般。

同样，观看芭蕾舞、古典话剧，听古典内容的音乐会，也都一样庄重。那些式样豪华而古老的剧场，是决不准异国人为了满足好奇心而随便拍照的。他们对传统的尊重，真做得完美无缺了。

许多外国人不明白，为什么查尔斯王子和戴安娜公主的婚礼，使英国耗费巨资，举国若狂？那是一次真正的标准的古代英国王室的婚礼。一切仪式都遵循旧章，人们对所有繁文缛节，丝毫不感到麻烦，而都兴致勃勃地进行。这可谓是一次全国性的复古活动。如今，伦敦正在举办一个大型展览会，展出王子婚礼时平民百姓馈赠的千奇百怪、堆积如山的礼品。王子结婚的情景，已被制成一组与真人酷似的蜡人，陈列在蜡人馆一间最显眼的地方，作为一件古董似的，与古今世界名人放在一起。虽然王子婚礼已是昨日的事，但在各处卖纪念品的商店里，印有王子和公主画像的瓶瓶罐罐，仍占着一个相当比重。此外，在伊丽莎白女王住所前，戴盔披甲的古代卫士的换岗仪式天天吸引了不少外国游客，对于英国人的魅力也是同样的，至今不衰。但这一切——保护古代建筑、珍爱文物、依循传统仪式和生活方式，并非为了赚取外国游客的外汇才安排的。他们这样做，也是为了自身精神的需要。这与香港商人们依照《清明上河图》而建造一假汴梁城的目的是全然不同的。

怀旧是英国人一种最可意的精神享受，而复古最能引起这种情趣来。在我们离开伦敦那天，正值英国举行“老爷车”集会的活动。各种各样19世纪末、20

世纪初的“老爷车”（最古老的轿车），不知由哪里纷纷开到大街上来，穿过伦敦市区和郊区，驶向六十英里之外的布莱顿海边，将在那里举行热闹非凡、争奇斗艳的集会活动。这天一早，道旁就站满人，沿路住户都打开窗子观看，还有不少由远地驱车赶来的观众，他自己的新式轿车停在道旁，架上各式照相机和电影摄影机。每逢一辆怪模怪样的“老爷车”冒着烟儿嘟嘟嘟地驶来，人们就欢呼、拍手、照相、唱歌、飞吻、掷鲜花束。我还看见一所楼上敞开的窗子里，有一个胖老太太，举着一大杯啤酒，来一辆车就喝一口。此时，停在道旁的各种最现代、最时髦的新型汽车，如丰田、奔驰、奥斯丁、三菱等，就显得黯然失色了。此时此地可以说，古代领先了现代。

但是这些老掉了牙的古车经常出毛病，车一停，交通就成问题，致使我们赶向机场的汽车停停开开，眼看快到飞机起飞的时间了，给我们开车的那个性情急躁的瑞士小伙子，急得不断按响车喇叭。我也打开车窗伸出头，着急地向外张望。外边一片人声和笑声。此刻，那坐在窗前、手端啤酒杯的胖老太太兴致正浓，她看见我，也友好地朝我一举杯，高高兴兴地喝了一大口。顿时使我着急而紧张的心松了一大半，我朝她拍手答谢。

多亏警察帮忙，疏开道路，我们的汽车便像打开笼子的兔儿，飞快地跑起来。车窗上掠过一辆辆奇特有趣的“老爷车”，掠过兴高采烈的人们的面孔，掠过“老爷车”的主人得意非凡的表情，掠过鲜花，掠过照相机上蓝色的闪光……

陪送我们的英国人脸上露出微笑。这微笑中包含着他此时内心的喜悦，也有一点点在我们这些异国人面前，以自己民族古物为荣的自豪感。

民族感根植于自己民族的历史和文化。这句话的分量，在英国见闻中又一次得到证明。

感谢我们的司机——这个责任心很强的瑞士小伙子，把我们准时送上飞机。飞机起飞，伦敦在下边愈来愈远，片片烟云遮盖，渐渐模糊，如入梦境。我忽觉得，伦敦——英国——英国人好像都在做梦，在古老的梦里沉沉甜睡，20世纪先进者的脚步声何时把你惊醒呢，还是你甘心永远沉醉在这饶有诗意的梦境里？

/在莎翁故居看到了什么/

在来到莎翁故居前，我颇有点疑惑，我能看到什么？莎翁已故五百年，还会留下多少遗存？然而走进斯特拉斯福小镇却令我十分惊讶，在一片依旧是中世纪栅栏格式的街区里，莎翁出生的老屋、1574年出生的登记册、去世时举行葬礼的小小的圣三一教堂、演出过莎翁剧作的剧院、克洛泊顿石桥，直到他父亲供职的镇政府的小楼，以及他家那些做铁匠、酒商、肉店、零售商的邻居与亲友的老宅，还都原样地保存在原地。这是谁的决定？怎么从来没人想去拆掉开发建楼呢？

我尤其喜欢古老的都铎式小楼。粗木结构的构架中间填上砖块与灰泥，这种建筑产生于15世纪末的都铎王朝。现在国内狂拆民居者的一个理由是西方建筑是石头的，坚固易存；中国是砖木结构，很难保留；但同样是木架加灰泥与砖块的都铎式民居都已五百岁以上，现在还在使用。其中镇上保存最好的都铎老屋，便是静静地立在亨雷街上莎翁的“大房子”了。它如今已作为莎士比亚故居博物馆使用。在屋内可以看到莎翁父亲制作皮制品的小作坊，主厅、客厅、睡房和厨房。这里冬天很冷，人们既善于生火取暖又善于防火；童年的莎士比亚一度睡在父母床下特制的抽屉里。

莎翁故居的“展出”方式独特。两三位穿着当时服装的男人与女人“生活”在房间里，做些活计聊聊天，有时参观者多了，他们会即兴表演莎翁剧本的一个小片断或一段经典的台词。他们以这种方式把人们带进当时的生活氛围和莎翁的艺术里。

莎士比亚在这里度过童年、少年和一部分青年时代，结婚生子，走进生活。他11岁时在这里亲身经历过一次国王豪华的出巡，从而诱使他对宫廷生活迷恋、神往和充满遐想，并直接影响到他日后戏剧创作的题材与生活。

这里的人至今还说五百年前他离开故乡，是由于他跑到镇外狩猎时误入了私人的领地，惹怒领地的主人挨了揍；他用一首讽刺诗报复，没想到这首诗广为传颂，招来更大的忿恨，为此躲到伦敦。然而，此时的英国和中国一样都已是戏剧的天下，致使潜在莎士比亚身上的戏剧才华得到惊人的释放。短短的十几年他写出三十九部戏剧杰作和大量的十四行诗。那时人的生命短暂。人生的阶段与今天完全不同。1612年48岁的莎士比亚就翻过他的创作高峰。他返回到故乡颐养天年，四年后去世，当时不过52岁。

现今故居中他晚年的遗存并不多。毕竟事隔五个世纪，岁月太久，保存如是已不可思议。我们到哪儿还能找到关汉卿？而人家连狄更斯等人在莎翁故居窗玻璃上的签名还完好地保存着。

说到狄更斯，他应是莎翁故居保护的功臣。19世纪40年代这座房子一度无主，面临拍卖，狄更斯组织了许多活动筹集资金，才把它购买下来，并作为国宝修复。随之便是各界有识之士与本地热心人组成的基金会，发起了范围更广的保护工作，包括镇内外相关遗存，连同莎翁母亲与妻子安乡村的故居。保护修复的态度之认真使人钦佩；连故居院子里栽种的花草都来自莎翁的作品。

莎翁家乡的人如此珍视他，决非因为他给家乡带来“知名度”和经济效益，而是真正知道他的价值。

莎翁故居之所以至今仍成为世界旅英游人的必往之地，是由于他的戏剧已成为人类共享的精神财富；他那些剧作——《奥赛罗》、《罗密欧与朱丽叶》、《哈姆雷特》、《威尼斯商人》、《李尔王》、《仲夏夜之梦》、《第十二夜》等四大悲剧四大喜剧至今还“活”在戏剧舞台上。文学史看似是以作家的名字连贯成的，实际上是永不褪色的经典串起来的。唯有经典才能穿越时空，所有文学和艺术都逃不过的历史的检验。

我还想再提一下狄更斯。一个作家能够如此下力气去保护另一位前辈作家的故居，不正是表现着他对文学真正的热爱与虔诚吗?

/苏格兰风景/

我庆幸这次自己选择了一路乘车北上，长长八百公里的行程，得以尽览苏格兰大地的风情。大片大片缓慢起伏着的高原，连接成一片浩瀚的凝固的褐色的海，松软的水墨似的云影在上边缓缓行走；远处是阳光下夺目的雪山。半月前我在法国时，这里下了一场罕见的暴雪，当时狂烈的景象现在仍能见到。有时山道两边的积雪高高的有如雪墙；一些粗大的树木折断，树冠横卧地上；山坳与树丛里的白雪，依然厚厚的不肯融化。由于地高风寒，冰冻不融，干涸的长满蓬草的溪谷静静而耐心地等待春的到来与滋润。丛林高处只有乌鸦边叫边飞，我才知道乌鸦是最耐寒的飞鸟，其他珍禽异卉还在天边。可是在向阳的坡面上草地已微弱地显出一些新绿，一些心急的野花星星点点露出头来。凡是这样的地方，都有些羊群散布其中，叫人感到新一年的生活又开始了。尽管在这高原上一直没见到人影，偶尔却会有一堆结实的石头房屋簇拥着一个小教堂的尖顶从车窗上闪过……就这样，我们渐渐走进英伦三岛上一座传奇般的名城——爱丁堡。

/ 巴斯人手里的巴斯 /

未到西欧时便接到欣然转来的巴斯大学学术演讲的邀请，这对我可是个诱惑。诱惑不是演讲，而是一个使我心存不解的问题：英国上好的古城不少，巴斯因何成为英国唯一的整座城市成为世界文化遗产的城市？难道它比爱丁堡还好？我要看明白。

昨天在巴斯大学演讲后，我此行一连串演讲的活动已画上句号；昨晚又把紧赶慢赶而完成的中国年画“申遗”的电视片初步定稿，外加的活计也算了结，今天松下心来，可以在巴斯城中好好找一找我带来的问题的答案了。

应该说任何留下珍贵历史遗存的城市都是幸运的。历史是无情的，它大都会用不断的嬗变、新旧更迭以及战争将它的历史创造一批又一批地带走。巴斯原意是洗浴，巴斯以保存罗马人的洗浴遗址而著称。可是除掉罗马人的遗址，巴斯现在的城市风光并不算太古老，但它完整地保存着二百年前乔治亚时代的原貌，从城市规划到街区、从公共建筑到民居、从教堂到桥梁，直到街上的细节，一扭头就能看见一件古物。诸如18世纪约翰·伍德设计的城市肌理、气势宏大的新月广场、别致的桥上小街一律没动，没有后世的任何改动与添加，是不是巴斯人太喜欢自己的过去了？就这样，古巴斯一直活了二百岁，愈来愈有魅力。现今欧洲尤其中西欧的城市古建多来自乔治亚时期——那种融合着巴洛克、洛可可和新古典主义的颇具魅力的风格。这种更古老、纯粹又完整的乔治亚风情的城市便是世上奇珍了。何况还有足够分量的罗马人的遗址。

被列入“世遗”的巴斯，没有太把它无形的旅游与商业升值太当回事。他们知道原物与原真才是他们不变的价值。想用“开发”的办法升值的结果一定贬值。

比如他们对待罗马人遗留的古浴场的办法，是把它融入一座温泉博物馆中。

这个博物馆的构思十分巧妙——即把遗址博物馆化。一方面严格保存原貌与原物，包括考古现场、神殿遗存、桑那与温泉遗迹、众多古罗马的建筑构件与艺术雕刻等，一方面用遗址展示、文物陈列与适当的情景再现，将两千年前的罗马人的洗浴文化与历史创造逼真地呈现出来。特别是他们幸运地找到一条冒着热气的温泉，将其引入古老的水道流进了两千多年前的露天浴池里，周围的石头回廊、窗洞、石椅一律带着历史的斑驳、残缺与苔痕。于是，人们都知道是酷爱洗浴的罗马人最早发现的这里，一位王子还在这里神奇地治愈了麻疯病——相关一些美丽的传说都成了这座城市的根。

从这里我联想到了西安的正在被浅度旅游日益世俗化的华清池，感到了悲哀。

其实悲哀远不止于此。我还想到苏州古城，它也是被我们“自杀”掉的。我们仅有的几座进入“世遗”的古城古镇丽江、平遥、宏村和西递都只作为消费的对象而在旅游市场中瓦解着。只有间断的呼救，并没人设法制止。文物保护法也无能为力。何况大地上还有仅存无多的古村落正在消亡着。

我忽然想起一位联合国教科文的驻京人士对我说：你们不拿自己的文化当回事，别人谁也没有办法。

俄罗斯的沉思

/ 文学在乞讨吗 /

可能是错觉

庞大而沉重的机身降落时，与地面强劲的气流搏斗着，飞机不停地抖动。要求系紧安全带的标志灯明亮刺目。航空小姐不断地告诫旅客严禁使用手提电话。机舱内的气氛静寂而紧张。在“9·11”之后，所有飞机都成了惊弓之鸟。任何小小而正常的颠簸也会触动人们的恐惧感。我身边一位胖胖的俄罗斯妇女干脆把双眼闭起来，好像一切都听凭命运的裁决了。当飞机巨大的轱辘终于与地面摩擦并发出巨大的轰鸣时，舱内四下响起掌声；我身边这胖妇人，还有前排的几个俄罗斯人，全都在胸前不停地画起十字来。这使我的感觉有点怪异。在我的印象里，俄罗斯人并不是这个样子。尽管我从书报上知道，自从苏联解体后，离开了原先那种政治性国家信仰的俄罗斯人，开始虔诚地面对基督了。

于是，我感受到，我对自己将要进入的这个神交已久的国家的无知。

机场是一个国家的入口和出口，这个国家给人最初和最后的印象都在机场。

我出入过世界上百个机场。然而作为国际名都莫斯科的门面，它的狭小、陈旧、简陋，令我惊讶。手推车像用来运煤块的，载送行李的履带吱吱呀呀，地面和墙壁可以看到裂痕，灯光的瓦数明显不够，装饰风格是遥远的20世纪60年代的。由于经费拮据而捉襟见肘的情形随处可见。而边防和海关全使用中世纪的速度工作。他们盖图章如同打火漆，对着护照上的照片仔细端详我的面孔时好像忘了戴花镜。我的伙伴对他们的海关必须申报携带入境的美金数目的做法颇为不解。我便笑了笑，对我年轻的伙伴们小声说："80年代初，我们也同样用这办法来防止外汇外流。"尤其是当我看到申报单的纸张是一种极廉价的灰纸时，我便嗅到了这个国家最真实的经济气息。

一下子，我感觉回到了二十年以前。

但我的感觉别是一种错觉吧！

没错，我又坐到了来接机的一辆伏尔加汽车上。二十年前中国最常见的进口车就是这种硬邦邦、颇能吃苦耐劳的伏尔加了。

莫斯科的机场路却是出奇地宽阔，往来共有十条线。他们从来不用自行车做交通工具，所以，莫斯科总共有三百万辆汽车。开惯了汽车的俄罗斯人驾车如赛车。故此，他们飞驰在路上的车子至少有三分之一不是外壳破裂，就是被撞瘪了鼻子。这些车怪模怪样，挺滑稽，却依然勇往直前。记得在国内，一位曾经留学俄罗斯的朋友告诫我："俄国人做什么事都慢，就是开车快。"开车快是一种性格。我想起性情炽烈的希腊人驾驶摩托时，既是不顾别人死活，也是不顾自己死活。那么"办事慢"的缘故究竟为什么？

冷美人

现在，我把我的答案跳到我们回国时经过机场海关的经历上。

海关的公职人员是位女性。她瘦高，手指细长，皮肤很白，眼睛是蓝色的，栗色的卷发从帽檐下冒出来。如果她唱歌、跳舞、微笑，一定挺好看。但是此时此地，她却摆出一副绝情的样子。一张挺不错的小脸像紧锁的门，一切温情的东西都锁在里面了。她决不抬眼瞧你，分明表示她不屑瞧你一眼。她根本不说话，只是打着否定的手势，或摇头。她很高傲吗？当然不止于此。我发现她验关时，任何一个细节都故意拖长时间。她审阅乘客的申报单时，好像每个字都是生僻字。有时，她会忽然扭过头去怔一会儿神儿，完全无视排着长队的乘客们。对乘客们讨好她的表情根本不领情。

我的一位同胞——一位武汉大学的教授，被邀请来莫斯科开会。他在街头买了两幅纯商品性的油画，硬被她扣住，说是艺术品，不能带走。这位教授找来他的俄方邀请者说情也没用。她反而摇头摇得愈来愈坚决，直到那位武汉的教授放弃了油画，快快地上了飞机。在这一瞬间，叫我感受到权力的至高无上。

这种感觉在计划经济时代，我实在太熟悉了。计划经济是权力至上的时代。计划的体现者就是权力的拥有者。大大小小的公职人员都是权力的化身。权力好像魔鬼，一旦附体，那是很难办的。我想好，我要拿出自己的经验来对付她——

逢到我报关时，我便把申报单、没有花掉的美金、护照、相机，一样样全摆在桌上，再把背包的拉链拉开，任凭她使用权力。

她抬头看我一眼，我这才发现这位俄罗斯冷美人的一双眼睛，像双筒猎枪的两个枪孔，其实并不好看。

她的眉毛僵直，鼻骨过高，嘴唇很硬，好像鱼嘴。唇上似乎还有一些软髭？怎么，她不是挺好看的吗？美与不美，其实更重要的是你对它的感觉。

我的经验告诉我：当权者更需要的是你认可他说了算。于是我的表情不卑不亢。因为我知道，“亢”的结果必定招致她的对立与刁难；“卑”的结果只能唤起她捉弄你的欲望。我让我的表情平静和麻木，一句话——一切由你决定。她似乎很认真又很挑剔地审阅了我的申报单，抬起头再看我一眼。我的表情依然是——由你决定。她这才举起图章“啪”地盖下来。谢天谢地，我心里想。于是，我明白这一切便是俄罗斯人当今“慢”的本质了。

还是体制的和人为的原因。尽管旧体制已经瓦解，习惯却是一种顽疾。此外，还有人文的原因，这我要放在后边说。

我的邀请者、俄罗斯作家协会负责外联的阿列克说，我下榻的旅社是莫斯科大学的招待所，这使我兴趣盎然。莫斯科大学是世界最著名的大学之一，它的招待所也一定充溢着学府的气息。然而，当我走进这个好似废仓库一般的水泥盒子里时，我恍惚觉得接机人员把我们送错了地方。

大厅服务处发黏的柜台，坐垫内的弹簧一塌糊涂的沙发，拴在一个大铁疙瘩上的房间钥匙，运行起来哐当乱响的电梯，再有便是房间里变黄变暗的粉墙，老式的洁具，比窗子小的窗帘，坏电视，蟑螂；一台冰箱只要插上电门便会发生可怕的轰鸣，好像马上就要爆炸。只有墙角的一幅印在木板上的圣像是新的。这种近些年风行起来的代替了原先领袖像的圣像，大都习惯地斜挂在墙角。这是东正教徒的习惯，为了在室内任何地方都可以看到它。

待我确认所面临的一切正确无误，我立刻判断出我的邀请者手头的拮据。尽管当前俄罗斯的经济生活比中国差上一截，但一路而来时，我已经看到了形形色色、蛮不错的商店和旅店。我知道，我的邀请者已经倾尽其力，但只能把我们送进这种旅店。我们当然不能埋怨热情的邀请者；任何人都不能对朋友嫌贫爱富，轻视穷朋友是可耻的。而且我认为这样却很好，正好！我可以亲身体验到当今俄罗斯作家与文学到底是怎样的处境。这正是我要知道的！

一个完全断绝了国家支持的作家组织怎么生存，为什么而生存？他们和西方作家的行业工会的组织一样吗？只为了作家的福利与版权而斗争吗？而我那些俄国的同行作家们呢？他们已经由苏联时代那种国家

"一揽子全包"的方式，到现在撒手不管，任由市场的优胜劣汰了吗？那么，他们的文学艰辛吗？饥饿吗？乞讨吗？挺得住吗？浮躁吗？闹着下海吗？改写畅销书和电视连续剧或者按照电视连续剧的规律写小说吗？搞笑、作秀或吊人胃口吗，还是给媒体送私生活的"猛料"来提高自己的商品性吗？

他们和列夫·托尔斯泰相差十万八千里了吧？

/ 列宁在哪里 /

红场上的列宁墓

凡是到俄罗斯的中国人都有一个愿望，就是去克里姆林宫前的红场看列宁墓。面对面看一看这位影响了世界也影响了中国历史进程和内涵的人物。

尽管古埃及人使用木乃伊的方式把法老的遗骨不朽地保存了几十个世纪，但是使一个人死去了近百年却容颜依旧，还是从列宁身上开端的。

原以为到了红场就能进入列宁墓，事实上绝没有这么容易。列宁墓大门紧锁。瞻仰列宁必须在规定的时间内。这就更使我非看不可。

在指定日子的上午九时开始，红场关闭，所有入口都用铁栏切断，武装警卫站岗。红场内空荡荡，只能进行排着长队瞻仰列宁一种活动。气氛庄严肃穆，神圣不可侵犯。这大概是一直遵循着“苏联时代”的传统。

人们必须由红场的西侧进入。入口时要接受安全检查，所有背包提包手包，以及照相机、摄影机一类，一概不准携带入内。以使墓室的进入者，不能有任何旅游观光的意味，只有瞻仰膜拜和心灵体验。

入口后走一百多米，便是列宁墓。这座墓正在克里姆林枢密院的塔楼前，最早是木结构的。1930年由舒谢夫设计成现在这个样子——方形红色的大理石，下大上小，总共四层。含有古埃及金字塔的意味，厚重和简约倒是颇合这位历史巨人的气质。

可能是莫斯科的阳光过于强烈，一入墓室，一团漆黑，还有一股凉气使你觉得完全进入另一个时空。墓道是一级级向下的很长的台阶。我两眼黑乎乎地踩着台阶往下走，忽见迎面一个俄国军人，肃然不动，脸上也无表情，好像墙上的彩色浮雕。才要定睛瞧他，他却开口说："向右走。"声音冷峻，似下命令。我便赶紧右拐往里走，跟着听到这位军人在我身后说的还是这句话。

走不远，一间宽阔的石室显现出来。跟着一眼就看到那个闻名世界的水晶棺。石室蒙昧不亮，宁静而神秘，室内所有光线都是从水晶棺里扩散出来的；而水晶棺内的光线也不亮，好像深夜里室内的灯光，柔和地照耀着仰面躺卧、神情如睡的列宁。这光线只有在穿透水晶棺时，在水晶板材的边沿的锐角处折射一条条极亮的细线。

列宁身材只有一米六二，但他躺在那里却不显矮小。也许我过于使力睁着眼睛去看，使我将他的眉毛与眼毛看得清清楚楚。他脸上的神气自然而平和，那种安睡般松弛的状态非常逼真。他没有死去之后的感觉，而是像活着而睡着了那样。尽管他皮肤的质感看上去有一点缺乏弹性，面色却幽幽泛光。他的双手——左手习惯般地微微握着，右手似是不觉地松开。这两只手摆在黑色带红边的缎面的被盖上，十分生动。而且与他脸上的表情和谐一致。我想，这决不是他去世一瞬间的姿态，因为他是坐在椅子上，听着妻子克鲁普斯卡娅诵读杰克·伦敦《热爱生命》时溘然长逝的。那么，那些为列宁的遗体做防腐和整容的科学家——解剖学家巴拉比约夫、生化学家斯科鲁斯基等人真叫人钦佩！原来科学家中也有伟大的艺术家呢！

此时，我没有去想列宁的1918，没有去想攻打冬宫和沙皇，也没有去想苏联解体，我只想获得更多的亲身感受。当我正要进一步弄明白盖在列宁身上这黑色红边的被单是何含义时，耳边又响起一位军人用俄语发出的声音。扭头看到这军人贴墙站在石室的北面。

我的翻译告诉我："他叫你快走开。一个人滞留时间不能超过十五秒钟。”

我只好离开。

待走出列宁墓，阳光刺得眼睛生疼。

按照规定，从墓室出来后不能直接离开红场。必须向西，绕过观礼台，到列宁墓的背后，去瞻仰“名人墓”。那里——紧靠克里姆林宫的红墙有二十几座墓，整齐地排成一排，他们都是苏联时代功勋赫赫的人物。有加里宁、斯维尔德洛夫、捷尔任斯基、朱可夫等军事家和政治家，也有作家高尔基、科学巨匠库尔恰托夫和人类历史上第一位宇航员加加林。这些墓的形制完全一致。方柱式墓碑上端，雕刻着墓主人的半身胸像。棺盖上平放一块黑色大理石板，上边刻着他们的姓名与生卒年月，还斜放两枝红艳艳的康乃馨。

人们必须在这些墓前逐个走过，才能从东边的出口走出红场。这大概也是苏联时代留下的遗规。至于曾经同样放在水晶棺中斯大林的遗体，早在赫鲁晓夫时代就被焚化了。现在，他的骨灰葬在“名人墓”的最后一位。历史仍给他一个位置。那是因为他在二战中建立的不朽功勋，至今依然被俄罗斯人牢记不忘。

阿尔巴特街上的"列宁同志"

看过列宁墓出来后，就去阿尔巴特街。这条至少有两百年历史的贵族们集聚的老街尽管风光依旧，却已经变为纯旅游性的莫斯科的风情街了。街上的店铺一半以上都出售地道的俄罗斯民间艺术品。人间的旅游除去看好山好水，就是去寻找不同的人文特色，而最能直接表现民族特征的就是民间艺术。故此，街两旁的橱窗全都花枝招展地摆满了唯俄罗斯才有的大大小小的套娃、桦皮器物和漆画盒。俄罗斯民间惊人的手绘技艺，都表现在这些艺术品上。许多漆盒是民间高手所绘制，盒底有他们的签名。他们真的可以凭着那富于才气的手，将古代名画逼真地再现到这些最多只有十厘米大小的亮光光的漆盒上。如今，俄罗斯的套娃已经风靡天下了，连北京的天桥也可以买到。但是，正像羊肉泡馍非要在西北的黄土地上吃一碗不可，在阿尔巴特大街买一个胖胖的漂亮的套娃，才算把俄罗斯的情味带回家。每当把一个花花绿绿的套娃从中打开，里边一准站着一个小一号的一模一样的彩绘的娃娃。然后就这样一个个地打开，直到最后把一个只有花生大小的小娃娃捏在手指中间，那就一定会被逗得哈哈笑起来。俄罗斯人的趣味多么可爱与健康！

老街上没有车辆。就像世界任何旅游名城一样，老街都成了步行街。街中心摆着形形色色的小杂货摊，堆满乡土工艺品与饰物。再有便是为行人画像的街头画家，用电子器械看手相的新一代的术士，耍猴的江湖艺人，还有民间魔术师与小型音乐的演奏者们。我常常被这些表演所吸引，站住不动。这时，忽然什么人拉了我一下。我扭头一看吓一跳，这个人怎么像列宁！矮小的个子，一身黑西服，黑便帽，带白点的黑领带，全是列宁惯常的装束。胸前居然还戴着列宁作为“苏维埃代表”的那个红缎带的花结！他的脸形、眉眼、下巴与棕色的胡须都酷似列宁，他摘下帽子露出的硕大的脑壳和头形，简直就和列宁墓里的列宁本人完全一样。他是在这里表演吗？这叫我忽然想到《列宁在十月》中那个把列宁演活了的史楚金。

他却忽然向我伸出三个指头，说了一句话。

我听不懂。我的翻译笑着对我说：“他说，你出三十卢布，他可以同你合影。”

我一怔，跟着我明白这是一种旅游性小项目。但我还是有点惊讶、好奇，却也有兴趣。毕竟他太像列宁了，而且一举一动，以及将两手的拇指钩在西服坎肩晃动上身的姿态都和列宁一样。我掏出三十卢布给他，然后我们握手，拍照！我们并肩，拍照！我们握手又并肩，拍照！他很郑重，最多有一丝微笑，更多是严肃。他没有因为收取费用而草率为之。还有在圣彼得堡夏宫里扮演彼得大帝和凯萨琳二世女王，也都做得逼真、酷肖、活灵活现。不像我们的一些旅游点的大清宫女，又说又笑，甚至相互连打带闹，还会一下子把手机从怀里掏出来。在这里，你和他们合影，当然是要付钱的。但扮演者明白他们的工作是为了增加你对这个国家与城市的兴趣。因为无论是彼得大帝还是列宁，都是他们自豪的历史的一部分。

在苏联解体之后，斯大林、托洛斯基、赫鲁晓夫等都经历了尖锐的争议和翻来覆去的历史再评价。但唯有列宁仍是一位受到公认的伟大的历史人物。

当今，市场化已经覆盖了整个俄罗斯，可是他们对十月革命以来的历史仍然充满了歧见与自相矛盾。一方面他们将十月革命中被处决的沙皇的遗骨挖出来，重新举行国葬；一方面那只“打响十月革命第一炮”的阿芙乐尔巡洋舰，仍像国宝一样停泊在圣彼得堡宽阔的涅瓦河边。至于那种“镰刀斧头红五星”的苏联国徽和党徽，依然保留在各地政府大楼的大门上端，甚至连俄罗斯国家大剧院的幕布也还是这种鲜明的政治图案。

我分别问了几位俄罗斯人怎么看这些现象。他们的回答却是不约而同的一致。他们说，这没什么，这是历史。

既然历史是一种客观的存在，那就应该让它在现实中保持存在的客观。所谓历史精神首先不是对历史本身的尊重吗?

进一步说，今天在俄罗斯的城市中见到最多的历史人物雕像还是列宁的。最常见的列宁形象则是那种身体重心前倾的立像。他的一条胳膊伸向前，与目光一致。今天50岁以上的俄罗斯人都知道这曾经象征着“导师指引着人民前进”。但斯大林的形象除去红场墓碑上那个胸像之外，再没有见到。他专制和独裁的漆黑的一页，已经被俄罗斯人认真地读过和反思过而翻过去了。然而在莫斯科著名的卫国战争纪念馆中，斯大林却是另外一个样子。

永明之火

俄罗斯大地给人最强烈的人文印象，是卫国战争烈士纪念碑。这种纪念碑随处可见，几乎普遍到每一个村镇里。小小的广场，竖立着石头或金属的碑形的建筑物，上边雕刻着这里曾经发生的一场战争的日期；有的有人名，有的没有人名；有的是尽人皆知的英雄的姓名，有的是一群无名战士——一些不知姓名的红军在这里献出了年轻的生命。在卫国战争中苏联红军付出将近两千万人的生命。在这辽阔的战场上，谁知道此时此地的牺牲者姓甚名谁？

纪念碑大多已经旧暗。铜质的碑发黑发绿，铁质的碑锈得发红，石质的碑风化后出现裂痕。但所有的纪念碑前都有燃烧着天然气的永明火。不论什么季节与天气——倾盆的雨中、繁密的大雪中，还是在狂风的肆虐中，永明之火总是熊熊不息。这是我见过的世界上最顽强的火。它象征烈士们不灭的灵魂，也象征着他们对祖国的激情永远照亮后人吧！

后人没有忘记他们。我注意到每一座纪念碑前都放着鲜花。没有一座纪念碑空空的被遗忘着。最感人的是，年轻人结婚时都要到纪念碑前献花。没有人组织他们这样做。这已经成为一个传统一直保留到今天。在诺夫哥洛德附近，我看见一对新婚男女和他们的一些朋友聚在一座烈士纪念碑前。年轻的新郎穿一身黑礼服，金黄色的卷发，唇上还有点软髭；他面对纪念碑肃立着，神情充满敬意；他的新娘——一个穿着雪白婚纱的女孩子弯下腰来，正在把很大一束红玫瑰郑重地放在碑座前。碑上是几位头戴钢盔的红军战士的胸像。碑面刻着一行字，说这座墓里有六个烈士。还有两句话：

谁也不会被忘记，

什么也不会忘记。

这一幕很像一幅庄严又诗意的图画。我忽然想到，我们的一些年轻人并不信奉天主，却要到天主教堂举办婚礼，这真使我有些汗颜！俄罗斯人的婚礼也崇尚着崇高的精神意义。

我问过俄罗斯人，为什么这么做。他们说，爷爷奶奶那一代令他们骄傲。他们感谢那英雄的一代捍卫了祖国的尊严。

六十年前，法西斯对俄罗斯的闪电攻击是灭绝性的。战争期间，有两千座城镇和七万个村庄被夷为平地，三万座工厂被摧毁。死亡总数（包括军队）达五千万人。至今绝大多数家庭的命运依然还深深烙印着战争的创伤。

我在瓦尔代依遇到一位老太太。她喃喃地对我说着话。我听不懂俄语，却听出她的话在不断地重复着。我请来翻译才知道，她说她今年80多岁，住在儿子家。她喋喋不休地来来回回说着几句话："我站在那儿，眼看着德国鬼子冲过来，炮弹在我身边炸开。有人在后边的树林里对我喊：'姑娘，快跑啊，到我这边来，到我这边来……'"

我的翻译石洪生告诉我，那件事对她的刺激实在太深了，至今她都无法忘却。可能人愈老，往事就愈清晰。

这样，使我后来参观卫国战争纪念馆时感受就来得分外地强烈。

最早决定修建卫国战争纪念馆是在20世纪50年代的苏联时代。纪念馆放在莫斯科西南的俯首山上，与列宁山遥遥相望。占地极其辽阔，约一百三十五公顷。对于俄罗斯来说，只有这样巨型的建筑群，才能与伟大的卫国战争相称。但是苏联的经济力量有限，工程进行中由于力不从心而搁置很久。直到90年代俄罗斯联邦政府下了决心才把它完成。这表明在对待卫国战争这一重大历史事件上，俄罗斯与苏联的立场是一致的。解体后俄联邦政府虽然手头拮据，他们却拿出巨资建造这座具有永恒精神价值的纪念馆，由此可见他们深远的思想眼光。

纪念馆之宏大、磅礴、震撼以及藏品的丰富自不必说，从德国人使用过的大量的坦克，到列宁格勒被围困的九百天里所使用的一小块牛油似的小肥皂，几乎无所不有。每一件文物都带来一片那个艰辛时代的生活真实和剧烈的气息。单是列宁格勒保卫战中就死了八十万人！给我印象最深的是卫国战争初期几块被战火熔化的石头；还有一段粗大的树桩，上边生生嵌入了一截被炸毁的“喀秋莎”发射器的钢架。一下子叫我感受到德国人闪电战的凶猛和战争的酷烈。1941年6月22日拂晓，德国人以五千架飞机、四千辆坦克、一百五十二个师，对苏联发动突然袭击。三个星期内纵入苏联境内五百公里。几乎是所向披靡。俄罗斯人卫国战争的号角就是在这样几乎崩溃的局面中奋起而吹响的。

1941年7月卫国战争进入最关键时期。德军集结强大军事力量，包括一百万装备精良的士兵，近千架飞机，近两千辆坦克，一万多门大炮，团团围住莫斯科，志在必得；而且前沿的德国军队已经逼近距莫斯科二十五公里的地方。许多政府机关从莫斯科撤出，但斯大林留了下来。11月7日是十月革命纪念日，斯大林坚持按照传统方式在红场检阅三军。城外隆隆的炮声传到红场上，斯大林把它们当作一种免费的礼炮。他这举动震惊了世界，震撼了德国人，也给本国人民以极大的精神鼓舞。现在，他这幅检阅三军的照片被放得很大，挂在卫国战争纪念馆中。他庄严、镇定、从容、充满信心。这种英雄的气概是俄罗斯人民的财富，是俄国人民最终打败法西斯德国的精神之本，也是全人类进程中光明一定战胜黑暗、正直一定战胜邪恶的历史精神的体现。所以，在纪念馆的馆长请我为他们留言时，我写道：

伟大的俄罗斯人民是全人类的骄傲。

于是，在俄罗斯到处也找不到斯大林时，斯大林却在这里；当斯大林在许许多多历史反思的书籍中受到深刻而无情的批评时，在这里却依然受到尊崇。这就是俄罗斯人的历史观。对于有污点的巨人，不能随意地把他化为一个小丑，也不给他盖上遮羞布。历史的功过是不能夸大也不能缩小的，也不能用“几几开”简单地一说了事。历史的本质是客观，不客观的历史仍是一种欺骗。只有客观的历史才有借鉴意义，并有益于后人与未来。

/阿列克和他的乡村别墅/

在路上

在今天俄罗斯的大地上，无论走到哪里，都会见到一片片新房子像雨后的蘑菇那样冒出来。这情景有点像我们的90年代初。老房子破败陈旧，新房子生头生脸。新旧杂陈——旧的衰亡，新的爆发。

阳光从高空一无所碍地照射下来，照得这些新房子的房顶闪烁着非常强烈的反光，好像一片片反射阳光的镜子。俄罗斯乡村的房顶大多使用金属瓦楞板。旧日的瓦楞板喷涂油漆，今日的房顶不再涂漆，白晃晃的反光刺得眼睛不敢直视它，而且与绿色的森林和原野极不协调。

在阿列克的指点下，我终于能辨认出这些新房子分作两种。一种是日子好起来的农家的房舍，一种是"新俄罗斯人"的乡村别墅。那么"新俄罗斯人"是些什么人呢？

在苏联解体初期，政府将国营企业的财产变成一种证券，分给企业职工。那时，这种证券没有任何实际用途。谁也无法把它折合成一张桌子乃至一把水壶拿回家。更不可能把工厂里的机器与锅炉分一份搬走。于是就有一些眼光特殊的人，用极少的钱来收买职工手里的证券。当职工们将那种无用的证券换成现金时，心里还挺高兴，以为得到了“解体”的好处。但最终他们发现，真正的好处是被那些雄心勃勃的人获得了。他们最终只花了不多的钱就买下一个个巨大的企业，并因此成了今天的巨富。他们就是“新俄罗斯人”。

新俄罗斯人坐奔驰车，穿名牌衣服，穷奢极欲，享尽荣华；他们在城里置办豪宅，在乡间修筑这种亲近自然的别墅。这种占全俄人口不到百分之一的“新俄罗斯人”和普通人生活的差距不可思议。我的一位朋友是俄罗斯著名的科学院院士，月薪只不过一百美金。但他还是幸运的，因为他住在莫斯科。莫斯科是当今全俄最富的城市。

陪同我们访问的俄罗斯作家协会国际部负责人阿列克说，他在一个叫作瓦尔代依的地方就有一处别墅，临着湖边，风景优美至极，我极为震惊。问他：“你是新俄罗斯人吗？”

他笑了笑，挤挤左眼，说：“那得到那儿去——

先由你看，再由你说。”

我说好啊。充满了好奇。起码从外表我看不出他是个俄式大款。

阿列克说他50岁，谁看了他也都不会相信。他像个游泳运动员，肩宽腰窄，充满活力，双手短粗有力，眼睛黑白分明，脸色通红好似映着霞光。他说他只会一句中国话，就是“我爱你”。然后不断地对我的同伴——一位中央电视台的女导演胡淼说“我爱你”。然后，就像淘气的男孩那样放声大笑。他说话时底气很足，声音很大。他对谁都像是对聋子说话。

至于他的精力和体力则更像一头年轻的牛。我们的访问从头到尾，接机送站，接洽组织，结账付款，拍照录像，全由他一人承担，而且还要为我们当司机，驾着一辆黑色伏尔加车从天亮跑到天黑。只要我怀疑他体力可能出现了问题，他就会一弯胳臂，把上边那个硬邦邦、小面包似的肌肉绷出来给我看，还非要我去捏一下。我说：“像手雷。小心炸了。”

我们笑。他喜欢笑，更喜欢我们笑。他真是个挺好的人！

但我还是为我们路上的安全担心。我特意坐在他身边的座位上，为了和他说话，开玩笑，使他亢奋，并在路况复杂时提醒他注意。在俄罗斯的公路上，常会碰到人仰马翻、车毁人亡、十分吓人的景象。尽管他们人人差不多都会开车，很有行车的经验，但他们比起我们来——随意、即兴、心急，而且嗜酒，这些都是造成车祸的隐患。

阿列克一坐在方向盘前，便把一个小型红外线“反测速仪”放在车窗前。这个“反测速仪”专门是对警察测验车速而做出反应的仪器。只要前方有警察在测车速，这仪器立即能接收到测速的光信号而发出“吱吱”的尖叫声，提醒司机减速。这小东西真是很灵。只要尖叫声起，阿列克立刻把车速减下来。车子开出去不久，一准儿会看到路边树丛里埋伏着交警。这时，阿列克必定会眉毛向上一挑，嘴角一笑，很得意他的小仪器的灵验。

很多俄罗斯人车上都配备这种“反测速仪”。交警明知，也不去管。因为这种东西对超速的司机反而是一种提醒。交警测验车速的目的，并不是为了罚款，而是为了司机的安全。

在一些路口，交警部门常把一辆撞毁的车子放在路边一个高高的台子上，展示惨状，提醒路人。然而这并不能制止所有爱开快车的人，违规者总是心存侥幸。甚至在他们碰到交警之后，还会向迎面飞快开来的车子打手势，通告对方交警就在前头不远，暂时减速，别找麻烦。看上去他们相互很讲义气。但就因为这样，天天电视里都有某某公路发生横祸的带血的新闻。

在我们离开莫斯科前往圣彼得堡时，阿列克说有两条路任我选择。一条路是先跑六百公里，到普希金故乡，住上一夜，再走二百公里就到圣彼得堡了；另一条是跑三百公里到瓦尔代依，住在他的别墅里。可以在湖边钓鱼，洗蒸汽浴，吃烤肉。转天再跑三百公里便能抵达圣彼得堡。

我毫不犹豫地选择后一条。虽然普希金的故乡我神往已久，但我对莽撞而即兴的俄国人行车不放心，尤其对阿列克要一口气开六百公里更不放心。而且——他的别墅在吸引着我另外一种注意力呢。当然，这条道上还有柴可夫斯基的故居！

阿列克叫起来："好啊，你正好可以认识一下我这个新俄罗斯人了！"

白桦木屋的蒸汽浴

离开莫斯科，愈来愈鲜明的感受是白夜降临。我们风尘仆仆到达瓦尔代依的特维尔城时，已是晚上十点钟，小城依旧像用巨灯照射那样清晰而明媚。然而，毕竟时间很晚，本来只有两万人的小城，街头人影更加寥落。几株高大的枞树顶上一群归巢的乌鸦正在盘旋和聒噪，乌鸦最有恋家情结，天天暮归时都要情绪高涨地大闹一番。在俄国也是一样。一位肥胖的俄国妇人忍受不住，用一根木棒使劲敲打铁桶，惊得乌鸦漫天乱飞，但不一会儿又回到树顶继续盘旋，吵得更加热闹。

苏联解体后，特维尔城似乎又回到古代，城市标志是东正教堂。这因为解体前的几十年，特维尔没有建设任何有特色的新建筑，解体后又没有能力新建什么漂亮房子，大兴土木的第一件事反倒是重修教堂。

特维尔有两座教堂，对称地并列着。现在，一座刚刚修好不久，整座建筑洁白纯净，上边是大大小小镀金的顶子，形状很像古代土耳其人的帽子。另一座教堂尚未动手重修，状似一座倾圮的古堡，残破又荒凉，所有窗口都伸出野草；从裂缝看进去还有几株并不年轻的树，至少有30岁的树龄。这两座教堂不正是解体前后东正教在两个时代的象征吗？

我举起相机把它们一并拍摄下来。我喜欢记录生活。

我被阿列克安排在他别墅的客厅里夜宿。阿列克住在另一间小小的卧室里。我的两位同伴及一位翻译石洪生，则被阿列克领到另一幢别墅里，三个人每人一室。阿列克的别墅竟有两幢房子！

等到夜深人静，我仔细看看我的住室，原来是最普通的乡间木屋。俄罗斯的森林无边无尽，所以他们自古就用整棵而笔直的松树一棵棵地码成木屋的四壁。树干之间夹着有弹性的苔草，既不透风又可以防虫。木屋的四角采用一长一短的方式死死咬住，整个木屋坚固无比。俄罗斯的冬天可以冻掉人的耳朵和鼻子，于是他们懂得木屋比任何砖石建筑都保暖。何况屋内还有一个巨大的砖砌的炉子，这炉子可以使天寒地冻时屋内温暖如春。

阿列克的别墅只有电灯，没有电话，也没有上下水。上水是从湖边的水井打来的。厕所也是最原始的，在一块大松木板上挖一个洞口，下边可能是个桶，只要坐到上边痛快一下便可，然后用盖子盖上。房子里也没有任何异味，只有松树的气味。松树无论是活是死，都永远清香。即使在燃烧的时候，那气味也会叫你想起郁郁苍苍的松树林来。

一条长长而简易的长桌，便是餐桌；没有椅子，全是凳子；汤碟菜碗好像都是临时凑起来的。墙角一堆书，一概是消闲的杂志以及一些宗教读物。我曾经在奥地利一个中学教师的山上别墅里住过一夜，一切设施与维也纳没有任何差异，十分优雅。我想难道这就是俄式大款们别墅的水平？

最可怕的是蚊子，又黑又大像轰炸机，而且多得可怕。它们在屋子里横冲直撞地飞行，不断地向我俯冲发动袭击。忽然，阿列克光着膀子闯到我屋来，打了半天手势，我也听不懂。后来他给我装上一套电蚊香，我才明白他的用意。俄罗斯的电蚊香倒是一流的。甜甜地睡一夜，绝无蚊咬，转天醒来看到长桌上至少有五架轰炸机仰面朝天的“残骸”。

清晨，我从别墅走出来，阿列克还在呼呼大睡。他在酣畅地消解昨天驾车的疲惫。我则沿着乡间小路走向湖边，湖边的草坡上一片片全是蒲公英。开花的蒲公英是金黄色的，花谢之后的蒲公英结出一团团白色的毛茸茸的花絮。没有风吹，只要有气流，这些球形的花絮也会散开，在空气里亮闪闪地飘游。

我渐渐搞清楚，阿列克这种别墅只是一些简单的农舍式的木屋。在特维尔城外沿着湖边这些简易的木屋中，大部分是本地的农家；还有一些是来自城里的“中产阶级”。准确地说，当今的俄罗斯中产阶级并没有形成，这中产阶级就是有钱的人吧！

俄罗斯人的生活是把休息放在第一位的。他们从来就有度假和享受自然的习惯，喜欢亲近自然。在苏联时代，每个城市“公民”在乡间都拥有六十平方米的土地。逢到周末，他们都要到自己的“领地”上享受一下大自然。因而近年来手头有点钱的城里人，便纷纷从农民手里买下这些木屋来度假了。

阿列克说，他的妻子比他富有。他妻子是网球功勋运动员，而且是网球世家。他妻子的祖母、母亲、姨妈和妻子本人在《俄罗斯体育名人录》上都有专门的条目和照片。妻子的姨妈现在还是库尔尼克娃的教练。妻子本人也是俄罗斯著名的女子网球教练。这就使他们有钱在瓦尔代依的湖边买一块挺大的地，两幢木房，一间洗蒸汽浴的木屋。然而这些东西在俄罗斯并不算贵，总共价值不过五六千美金。我明白了，他们根本算不上新俄罗斯人。我在湖边散步时，看到一块地势极佳的草坡上有几幢房子。先不说房子何等华贵，单说围栏中奔跑的一只小白狗就能顶上阿列克的一辆伏尔加了。这才是地道的俄罗斯的新贵！

可是，幸福与否，有时是和贫穷无关的。在阿列克的乡间别墅，一样能享受自然、享受生活！

从下午六点到十点，我使出浑身解数，才从湖里钓上一条鱼。可能湖水太清澈，鱼肉如玻璃般的透明，上边带着深灰色的圆点，但绝非石斑鱼。因为湖水是淡水。

由于不肯在阿列克面前栽跟头，我坚持蹲守在河边。被许多蚊子不停地攻击，胳膊还被荨麻扎了一次，一直疼到第二天。但钓上的简直不能算作一条鱼，总共才不到十厘米，这使我想起莫泊桑的小说《巴梯索先生的礼拜天》。那个一心要度过一个好周末的巴梯索先生事事的结局都很糟糕。他也是使出吃奶的力气，终于从河中钓出一条状似火柴的小鱼。

阿列克非要我举着这“伟大的果实”照相，想尽办法在我的失败中获取快乐，然后把这可怜的小鱼扔进在篝火中烧得滚开的汤锅里。他说这一来，汤的味道一定无比的鲜美。

当我在湖边独钓时，同伴们早已经开始享受快乐的“别墅生活”了。

他们从湖边的水井打水，运到浴房中。浴房是用白桦木板搭的。阿列克雇来两个乡间男孩。一个男孩用干树枝，把浴房烧热；另一个男孩架起篝火煮汤。汤料极简单，只有三样：鱼块、洋葱、萝卜。当今，这种烧火烧水的差事已是此地孩子们一种能够赚点钱的“副业”。他们干得熟练，很快篝火就熊熊燃烧起来，浴室里灼热的蒸汽令人窒息。

我的同伴们都一个个钻进浴室，他们享受了真正的原汁原味的俄式蒸汽浴。可是他们从浴室跑出来时，脸蛋和胳膊全都通红通红的，像煮熟的大闸蟹。即使这样，仍旧还算不上真正的蒸汽浴。于是阿列克的洗浴简直就像一场民俗表演了。

在蒸洗房里，他先叫那个男孩用一大把新鲜的白桦树枝叶狠狠地抽他，一直抽得他忍受不住，忽然推开浴房的门跑出来。他光着身子，只在腰间裹一条长毛巾，便跑过草地直奔湖边。他真像煮熟的鸭子跑了，浑身冒着白烟，然后一扔毛巾，撅着光溜溜的屁股跳进寒冷的湖中。冷热相激，使得他放声大叫。“哇呀——太好了！哇呀——”

然后在水里翻腾一会儿，上来用毛巾一裹，重新回到浴室，再蒸，再洗，再抽，再出来，再跳入冰冷的湖水里。在这种翻来覆去的折腾中，他被刺激得兴高采烈，不断地尖叫，至少往返五次之后才作罢。这时他清醒、快乐、轻松、尽兴、精神焕发。

不止阿列克一人这样做。我钓鱼时，不时在左边右边，近处远处，都会有一个人冒着白烟从浴房夺门而出，奔下草坡，赤条条纵入湖中，大叫：“哇呀、哇呀——太好了！太好了！”

在被蒸汽浴消耗尽了之后，便要开始进餐，享受美食。这是俄罗斯人最原始也是最喜欢的一种传统。

至于最美的食物就是：喝鱼汤，灌沃特卡，吃烤肉。这个湖边小村里的村民十分热情，他们听说一个中国作家的代表团到来，白天就宰了一头小猪。现在正放在篝火上烧烤。烤肉的男孩手艺颇高。小猪的肉嫩如肥鹅，喷香，这种烤肉还是第一次吃到呢！

这时，几个村民走来，相互打招呼，便一起喝酒吃肉，在篝火的火光中说笑。火光从下边往上照，人人的脸都有种奇特的美。火光还把阿列克被白桦树枝叶抽打的一条条痕迹照得清清楚楚。大家拿他这些“伤痕”取笑他。他忽然叫大家静下来。远处，湖那边黑压压的森林里传出一声声夜莺叫。声音圆润、流畅，似还有一点期待感。我侧耳去听，以至停下口中的咀嚼。忽然我想：他们有了钱之后，所选择的是这样一种生活吗？

这是一种什么生活？

这是多美、多自由、多酣畅的生活！

“阿列克，我爱你！”

可爱的阿列克也有不可爱的时候，那就是不准时。每次在约定的时间都不会看到他的出现。而在他出现之后，又一准儿笑嘻嘻用一个小理由塞给我们。一次他把我们撂在红场至少迟误一个小时。他一出现就激情地对我们打招呼，好像他一直在焦急地寻找我们。我们便说好一起撅起嘴、板着脸表示抗议。导演胡淼做得过于认真——女人做事总是这么认真，直叫阿列克不断地用中文大声说："我爱你！"胡淼才对他露出笑容。当然这笑容也是无可奈何的。是啊，第二天见面时他又晚到半个小时！

在时间概念上，德国人的原则是绝对的准时。他们的脑袋好像装满齿轮，决不会差一分一秒，所以德国人的机械工业发达，盛产哲学家。日本人也同样精细与严格，但见面之后鞠躬哈腰一通忙，礼貌用语一大堆，各种"文案"不胜其烦，客观上又耽误掉不少时间。中国人赴约的传统是讲究提前的，所以历史上才有张良约见智叟提前一个晚上的美谈。但后来这种传统被我们糊里糊涂地忘掉了，直到近二十年才又认真起来。我们不认真也不行——因为一切生活都已经"数字化了"。那么俄罗斯人呢？是计划经济时代粗糙和不负责任的生活养成的这种散漫，还是一种根深蒂固的文化？

我发现，我们所有的参观活动，一是准会迟到，二是对方决不会表现出不满，乃至拒绝。阿列克也完全不需要道歉和解释，好像他们对这一切早都习惯了。

我想，是不是他们的时空太大？

从空间来说，俄罗斯才真正称得上幅员辽阔。任何两个地方的距离都不会很近。房子大，街长，两个城市之间最少也要跑上一天。所以他们用不着像日本人那样计算空间与距离。从时间上说，白天日照太长，太阳从清晨六点一直照到晚上十点，如果下午三点还没吃午餐，下午的事还没做，他们一定会告诉你，不急，时间很多。

俄罗斯人是时间的富翁，他们就不会一分一秒地精打细算。“准时”的概念又由何而来？

他们冬天太漫长，庄稼不可能一年收两次。每年八九月秋收之后，直到转年春天到来之前，他们至少有半年时间无事可做——在农耕时代他们就这样生活了一千多年。

在寒冷的北方，酒能给予人们身体以热能，也是心灵的一种慰藉。于是那种无色而烈性的沃特卡就浸透了他们的生活。如果有人告诉你哪个人全家酗酒，那并非怪事。醉卧街头的酒徒是他们街头一景。俄罗斯有不少宣传画，是劝诫酗酒的。还记得瓦·格·彼洛夫那幅名画《最后一家酒店》吗？对于俄罗斯人来说，有时魔鬼的名字就叫沃特卡。酗酒常常使人穷途末路，并成为车祸的第一帮凶。此外，酒还会模糊对时间的界定，助长遗忘；它长久消融在俄罗斯人的血液里。换句话说，一个血里总含着酒精成分的民族必定是散漫、随意、没准儿、缺乏规范以及大大咧咧。

可是这个嗜酒的民族，却率真而不善作假。做买卖不会有太多的谎，也就不善于讨价还价。这里唯一的例外是那些在红场卖纪念品的小贩。他们专门向中国游客兜售一种纪念邮票册，每个人都学会几句中国话用来和中国人打交道，还收取人民币。然而他们这种邮票册的要价却总是高出一两倍，直等到我们的同胞把价杀下来一半或一多半，才点头成交。俄罗斯人之间很少这样“砍价”。据说他们这种讨价还价的生意经只是为了满足我们的购买心理。

再说俄罗斯的冬天太长、太冷、太寂寞，为此他们对另外三个季节的感受是：对春天的企盼，对夏天的激情，对秋天的伤感。因为秋天是对一年花开草绿的终结，所以他们伤感。伤感是对逝去的生活的惋惜与怀念，对美好往事的留恋与追忆。无论是列维坦的绘画、柴可夫斯基的音乐，还是屠格涅夫和契诃夫的文字，都深深又浓郁地浸透着这种情感与气息。伤感是最深切的情感。因而，这个民族是情感化的。他们容易感动，或感受到别人被感动的心。他们便自然成为一个艺术上才华横溢的民族。他们没有缜密的思维，却有随时到来的灵感；他们不喜欢数字的绳索，而热爱诗样的放纵的酒。所以他们缺少大哲学家，但在诗歌、小说、音乐、绘画、戏剧、舞蹈等方面都有着世界超一流的大师。而且由古至今，代不乏人。这因为一切艺术行为的本质全是感情行为。如果我们站在这一点上，去理解他们的随意、散漫、不规范，便会欣然地接受下来。

在访俄的最后一天，我们在莫斯科一家餐厅宴请几位朋友，其中阿列克是当然的一位。我们要用美酒佳肴，表达对他由衷的谢意。然而，不管我们把开宴的时间怎样地一推再推，他仍旧迟迟未到。我们认准他老毛病又犯了，大家都不高兴。可是待宴席进行到一半，他忽然出现，满面笑容。我们以为他又用这种小把戏避开尴尬。然而，他突然将一本厚厚的画册举到我面前，原来是我最需要的一本书——《俄罗斯经典作家画集》！

自从在圣彼得堡的“普希金之家”，我发现除去普希金，其他如屠格涅夫、莱蒙托夫、茹科夫斯基、果戈理、列夫·托尔斯泰、马雅可夫斯基等全能画一手好画，这真令我惊讶！不仅是我，中国读者几乎没人知道他们全是画家。我希望能得到一些他们绘画作品的照片或相关的书籍，向我的国人好好介绍一下。但是从圣彼得堡到莫斯科我跑了许多书店，也没有找到这类的画册与资料。阿列克与我语言不通，但一定和我一样着急。眼瞧着明天我就要走了，所以他刚才缺席我们的宴请，又跑了许多地方，最后终于在一家古籍书店买到了这本老版的画集。所有俄罗斯大作家的画作全在里面！

在他把这本画集放到我手中时，睁大眼看着我，等着我的高兴。他的神气真令我很感动！

我的同伴们都理解他了。胡淼说："阿列克真的太可爱了。"

阿列克听不懂。

胡淼对他大声说："阿列克，我爱你。"

阿列克像孩子那样大声笑起来。我们拥抱在一起。

这时，我想起一句话：如果你真的爱一个人（或一个国家与民族），一定不只是爱他的优点，而是爱他的全部。

/看望老柴/

对于身边的艺术界的朋友，我从不关心他们的隐私；但对于已故的艺术大师，我最关切的却是他们的私密。我知道那里埋藏着他的艺术之源，是他深刻的灵魂之所在。

从莫斯科到彼得堡有两条路。我放弃了从一条路去瞻仰普希金家族的领地米哈伊洛夫斯克村，甚至谢绝了那里为欢迎我而准备好的一些活动，是因为我要经过另一条路去到克林看望老柴。

老柴就是俄罗斯伟大的音乐家柴可夫斯基。中国人亲切地称他为“老柴”。

我读过英国人杰拉德·亚伯拉罕写的《柴可夫斯基传》。他说柴可夫斯基人生中最后一个居所——在克林的房子二战中被德国人炸毁。但我到了俄罗斯却听说那座房子完好如故。我就一定要去。因为柴可夫斯基生命最后的一年半住在这座房子里。在这一年半中，他已经完全失去了资助人梅克夫人的支持，并且在感情上遭到惨重的打击。他到底是怎样生活的？是穷困潦倒、心灰意冷吗？

给人间留下无数绝妙之音的老柴，本人的人生并不幸福。首先他的精神超乎寻常地敏感，心情不定，心理异常，情感上似乎有些病态。他每次出国旅行，哪怕很短的时间，也会深深地陷入思乡之痛，无以自拔。他看到别人自杀，夜间自己会抱头痛哭。他几次患上严重的神经官能症，他惧怕听一切声音，有可怕的幻觉与濒死感。当然，每一次他都是在精神错乱的边缘上又奇迹般地恢复过来。

在常人的眼中，老柴个性孤僻。他喜欢独居，在37岁以前一直未婚。他害怕一个“未知的美人”闯进他的生活。他只和两个双胞胎的弟弟莫迪斯特和阿纳托里亲密地来往着。在世俗的人间，他被种种说三道四的闲话攻击着，甚至被形容为同性恋者。为了瓦解这种流言的包围，他几次想结婚，但似乎不知如何开始。

1877年，他几乎同时碰到两个女人，但都是不可思议的。

第一位是安东尼娜。她比他小九岁。她是他的狂恋者，而且是突然闯进他的生活来的。在老柴决定与她订婚之前，任何人——包括他的两个弟弟都对这位年轻貌美的姑娘一无所知。据老柴自己说，如果他拒绝她就如同杀掉一条生命。到底是他被这个执着的追求者打动了，还是真的担心一旦回绝就会使她绝望致死？于是，他们婚姻的全过程如同一场飓风。订婚一个月后随即结婚。而结婚如同结束。脱掉婚纱的安东尼娜在老柴的眼里完全是陌生的、无法信任的，甚至是一个“妖魔”。她竟然对老柴的音乐一无所知。原来这个女子是一位精神病态的追求者，这比盲目的追求者还要可怕！老柴差一点自杀。他从家中逃走，还大病一场。他们的婚姻以悲剧告终。这个悲剧却成了他一生的阴影。他从此再没有结婚。

第二位是富有的寡妇娜捷日达·冯·梅克夫人。她比他大九岁。是老柴的一位铁杆崇拜者。梅克夫人写信给老柴说：“你越使我着迷，我就越怕同你来往。我更喜欢在远处思念你，在你的音乐中听你谈话，并通过音乐分享你的感情。”老柴回信给她说：“你不想同我来往，是因为你怕在我的人格中找不到那种理想化的品质，就此而言，你是对的。”于是他们保持着一种柏拉图式的纯精神的情感。互相不断地通信，信中的情感热切又真诚；梅克夫人慷慨地给老柴一笔又一笔丰厚的资助，并付给他每年六千卢布的年金。这个支持是老柴音乐殿堂一个必要的而实在的支柱。

然而过了十四年（1890年9月）之后，梅克夫人突然以自己将要破产为理由中断了老柴的年金。后来，老柴获知梅克夫人根本没有破产，而且还拒绝给老柴回信。此中的原因至今谁也不知。但老柴本人却感受到极大的伤害。他觉得往日珍贵的人间情谊都变得庸俗不堪。好像自己不过靠着一个贵妇人的恩赐活着罢了，而且人家只要不想搭理他，就会断然中止。他从哪里收回这失去的尊严？

正是在这样的背景下，老柴搬进了克林镇的这座房子。我对一百多年前老柴真正的状态一无所知，只能从这座故居求得回答。

进入柴可夫斯基故居纪念馆临街的办公小楼，便被工作人员引着出了后门，穿过一条布满树荫的小径，是一座带花园的两层木楼。楼梯很平缓也很宽大。老柴的工作室和卧室都在楼上。一走进去，就被一种静谧的、优雅的、舒适的气氛所笼罩。老柴已经走了一百多年，室内的一切几乎没有人动过。只是在1941年11月德国人来到之前，苏联政府把老柴的遗物全部运走，保存起来，战后又按原先的样子摆好。完璧归赵，一样不缺——

工作室的中央摆着一架德国人在彼得堡制造的黑

色的“白伊克尔”牌钢琴。一边是书桌，桌上的文房器具并不规整，好像等待老柴回来自己再收拾一番。高顶的礼帽、白皮手套、出国时提在手中的旅行箱、外衣等，有的挂在衣架上，有的搭在椅背上，有的撂在墙角，都很生活化。老柴喜欢抽烟斗，他的一位善于雕刻的男佣给他刻了很多烟斗，摆在房子的各个地方，随时都可以拿起来抽。书柜里有许多格林卡的作品和莫扎特整整一套七十二册的全集，这两位前辈音乐家是他的偶像。书柜里的叔本华、斯宾诺莎的著作都是他经常读的。精神过敏的老柴在思维上却有着严谨与认真的一面。他在读列夫·托尔斯泰、屠格涅夫和契诃夫等作家的作品时，几乎每一页都有批注。

老柴身高一米七二，所以他的床很小。他那双摆在床前的睡鞋很像中国出品的，绿色的绸面上绣着一双彩色小鸟。他每天清晨在楼上的小餐室里吃早点，看报纸；午餐在楼下；晚餐还在楼上，但只吃些小点心。小餐室位于工作室的东边，只有三平米见方，三面有窗，外边的树影斑斑驳驳投照在屋中。现在，餐桌上摆着一台录音机，轻轻地播放着一首钢琴曲。这首曲子正是1893年他在这座房子里写的。这叫我们生动地感受到老柴的灵魂依然在这个空间里。所以我在这博物馆留言簿上写道：

在这里我感觉到柴可夫斯基的呼吸，还听到他音乐之外的一切响动。真是奇妙之极！

在略带伤感的音乐中，我看着他挂满四壁的照片。这些照片是老柴亲手挂在这里的。这之中，有演出他各种作品的音乐会，有他的老师鲁宾斯基，以及他一生最亲密的伙伴——家人、父母、姐妹和弟弟，还有他最宠爱的外甥瓦洛佳。这些照片构成了他最珍爱的生活。他多么向往人生的美好与温馨！然而，如果我们去想一想此时的老柴，他破碎的人生，情感的挫折，生活的困窘，我们决不会相信居住在这里的老柴的灵魂是安宁的！去听吧，老柴最后一部交响曲——第六交响曲正是在这里写成的。它的标题叫《悲怆》！那些又甜又苦的旋律，带着泪水的微笑，无边的绝境和无声的轰鸣！它才是真正的此时此地的老柴！

老柴的房子矮，窗子也矮，夕照在贴近地平线之时，把它最后的余晖射进窗来。屋内的事物一些变成黑影，一些金红夺目。我已经看不清它们到底是些什么了，只觉得在音乐的流动里，这些黑块与亮块来回转换。它们给我以感染与启发。忽然，我想到一句话：

"艺术家就像上帝那样，把个人的苦难变成世界的光明。"

我真想把这句话写在老柴的碑前。

/ 托尔斯泰为什么从这里出走 /

参天的白桦夹峙的庄园大道，如旋律一般蜿蜒伸入森林的小径，大片大片开着各色野花的草地，竖着岸边景物倒影的池塘，还有落了满地的苹果和沙果的果林……然后是红顶的马厩、木屋、小桥、蜂房、长长的木栅，最后才是那座两层的优雅又简洁的白色小楼——托尔斯泰故居。

十年前我奔波了几百公里的路程，才来到托尔斯泰著名的“波良纳庄园”，但那天不巧，赶上博物馆休息，庄园虽然开放，但故居博物馆关闭，使我懊丧之极。这次执意再来，为的是感知一下托尔斯泰在这里的生活究竟是怎样的？他缘何最后与这里决裂——出走？

我喜欢这样的故居，里边的一切都保持原状。

三百三十公顷土地的森林草原风情依然。他是母亲在躺椅上生的，那把躺椅还摆在那里。走廊上刻花的木栏、楼梯口的竖钟、客厅里举办家庭沙龙时的钢琴棋桌餐台餐具都一切如旧；连墙上挂着各种画作、家人和朋友的照片、心爱的小雕塑一一仍在原处；特别是托尔斯泰的书房，藏书室底层那间分外僻静的拱顶的写作室，还有屠格涅夫、契诃夫、列宾、柯罗连柯等好友都来住过的客房，依旧保持着一百年前的样子；各个房间处处还都原样保留着妻子索菲亚为家庭尽心尽力的种种细节，如誊抄的稿件、用突厥针法织绣的物件，裁剪的衣服以及房间处处的装点。

于是，当时作家的生态、生活的场景，家庭的氛围……只有在这样的原生态的故居里，故人才是可感知、可想象的。这也是故居博物馆不可替代的价值之所在。

进一步说，在托尔斯泰的书桌前，那张被疑为儿童用的矮腿椅子，原是作家近视又执意不肯戴眼镜，为使脸部凑近桌上的稿纸而锯短了椅腿；还有，书桌旁立着一个高高的折叠式的小桌台，是作家坐着写作久了会太累，就站到这桌台前接着写。他的《安娜·卡列尼娜》、《哈泽·穆拉特》、《战争与和平》、《复活》等惊世之作原来都是这么写出来的。

那些放在各处大量的书信呢？使我想到一个令人吃惊的数字。《托尔斯泰全集》90卷中有32卷书信，他留下的档案中书信数量达5万件。写这么多的书信会耗掉他多少创作时间，他哪来的这么强烈的书信写作欲?

思想。尤其对于中晚年托尔斯泰来说,比小说更强的表达欲是思想。书信是思想的表达方式之一。鲁迅也是这样。小说往往限制甚至有碍思想直接的表达;为了思想,他们走出小说。

由此,我尤为关注书房外边的储物屋里摆放着的他晚年平时主要穿的服装——农人的衣服;麻布的长衫、短衫、圆帽、皮靴;储物室里还放着他自己缝制的靴子,耕种劈木柴的板斧,干农活的农具,锻炼身体的哑铃和代步的自行车等等。

其实早在19世纪末,他就厌烦了自己世袭的贵族式的生活。那种名人荟萃的家庭沙龙,养尊处优的日子,受人追捧的交际场合。他开始在生活上努力平民化,与贫苦的人交往,这座故居外边的凉亭便是他接待穷人的求诉与接济穷人的地方。他想放弃贵族的生活。

他有罪恶感,钱的罪恶和富有的罪恶。这来自他所信奉的宗教的原罪说,更来自知识分子的良知。他一直苦苦地思考着,不停歇地自我拷问着,却得不到答案。19世纪的世界处于一战前夕,无论国际还是本土都在矛盾叠加的黑暗中看不到灯火,在民众重重的苦难中迈不出步子来。他自己也是这样。他说:

“我的圈子——富人和有学问的人的生活已经使我厌恶，并且失去了任何意义。我明白了，从这方面我无法找到生活的意义。”

他的精神苦闷与自责常常牵及他的家庭，他想让他的家庭与贵族生活告别。这使索菲亚——同他长期与共的妻子不能接受；认为他为整个世界担心，却不为自己的家人担心。矛盾渐渐激化起来。索菲亚想到过自杀，他也曾几次想离家出走。那些信奉他思想的托尔斯泰主义者们愈是支持他，他愈是无法活在自己无法改变的生活现实里。

1910年7月他决定出走，但由于与索菲亚短暂的和解而放弃了。

然而三个月后——1910年10月28日深夜，他在激烈的自我矛盾中起床，叫起小女儿亚历山德拉为她收拾好行李，下了楼唤醒医生马克维茨基送他一程，随后走出这座房子，到茅草房上了马车，在大风雪里离开了生活了一辈子的“波良纳庄园”。十天后，由于风寒患上了肺炎，病死在阿斯塔波沃车站。

他离别时这座故居前的一切还都保留着：头一天还在读的陀思妥耶夫斯基的《卡拉马佐夫兄弟》，还放在写字台对面的小圆桌上；还有他的房间，他出走那天从楼上走下来的小楼梯，医生的住房……好像他昨天夜里才从这里离去。

然而看到这些就明白了托尔斯泰，明白了这座庄园对于托尔斯泰的意义。他说过：“如果没有波良纳庄园，叫我描绘俄罗斯和阐明我对它制度的看法，那是不可能的。”在这里，从出生到出走，他完成了不仅是一个伟大作家的全部巨著，而是一个富于人类良知的知识分子的心灵历程。

于是，我到林间，到了他那座被茨威格称作世界最震撼的墓地——只是一座再单纯不过的草坟前拜谒。没有墓碑，没有任何人工的物件，只有一个长方形的草丘，周围放着人们天天献上的鲜花。我没有花，便把来时从果树下捡到的一个已经变红了的苹果摆上，默默致意之后，掐了一片青翠的细齿状的小草，夹在本子里，也生气盈盈夹在我心里。

/ 列宾故居探访记 /

1899年列宾在圣彼得堡西北芬兰湾一片深邃又幽静的丛林间，买下一个芬兰式的木头房子，经过一通大兴土木的改造，整座建筑充满了画家的奇思妙想。房顶是挤在一起的一大堆尖顶与坡顶，里边的房间参差错落，还在这个平房里装上高高矮矮的楼梯——这是画家的一种偏爱——然而这种多变的空间能够给人灵感。这一年，他55岁，《伏尔加河上的纤夫》、《伊凡杀子》、《意外归来》、《查波罗什人写信给苏丹王》等等这些巨作早已挂在他的名字上。他的生命与艺术都处在鼎盛年华。转年他便和诺尔德曼（第二任妻子）结婚，从此在这里生活、交友、作画、享受大自然并从大自然中汲取生命的力量；他称这里是他的“老家”，在这里度过了一生最美好的时光，大量杰作如《国务议会》、《赤脚的列夫·托尔斯泰》、《黑海上的流民》、《1815年1月8日公开学术演讲会上的普希金》等都是在这里画的。这个地方当然应当去看看。

我有一点列宾的电影文献资料，内容是大雪过后列宾和一群朋友在他楼后的雪地里欢快地走着、说笑、抽烟，大饮冰冷的泉水，看得出他活得轻松、快活、随性，甚至挺浪漫，一种典型的画家的生活。

一走进他故居的门，迎面看到一面小锣。立即想到书中说过他平日画画不待客，朋友们都知道只有周三这天可以来见他。这天他家的屋顶上会升起一面浅蓝色的小旗，家里的门是开着的，门口的标语写着“不用等待，没有仆人”、“往前走，直到客厅”等等。常来的朋友们都知道，只要拿起小锤，轻轻敲两下挂在门厅的小锣，在房子里的列宾就知道有朋友来了。

这座房子是一时很难弄清有多少间屋子，每间屋子都形状不一、高矮不同，窗外的风景如画一样挂在墙上。整座楼无处不是艺术品和装饰品。每个屋角，桌面、柜间、地面，都用瓷器、雕塑、干花、地毯、民间艺术品，精心、唯美、别出心裁地布置着，显然这些都是女主人之所为，体现着女主人的品味和浓郁的生活情致。至于所有墙壁全都挂满了大大小小的画。有些是列宾画的，有些不是，它们是随着岁月一件件挂上去的，显出了岁月的深厚与丰盈。列宾出名的“星期三聚会”那天，来者总是很多，朋友们聚在客厅交谈、读书、弹琴、朗诵诗歌，大家快活惬意。

列宾家最能给人带来快乐的是他独特的餐桌。餐桌是两层圆桌，外大里小，里边的小圆桌上面放菜，可以转动，很像我们的“桌餐”，但它的转动要靠桌面上一圈小立柱。想吃什么，伸手一推眼前的小立柱，菜就转到眼前。列宾主张素食，崇尚自由和自力，不尚虚伪的客套，更不喜欢别人为自己服务，用菜必需自己动手。如果谁犯了规矩就要挨罚，被罚的人必需爬到墙角的台子上做一番自责的演说。可是列宾好客，常常忘了自定的规矩去招待朋友，因而被人指出犯错，照样要爬上讲台挨罚，博物馆里还有列宾挨罚时发表自责演说的照片呢。这种独出心裁的规定与惩罚常常逗人捧腹大笑，给友人们的聚会带来欢愉。

列宾故居最叫我关注的是两房间：书房与画室。他的画室比较大，松散、缭乱，一个真正的画家的空间。几张长短椅子可以随便坐，宽大的沙发床的罩单拖在地上；一个带阶梯的高台上放着座椅，是模特的席位；到处立着画框，一些只画了一半；还有他晚年右手肌肉萎缩而改用左手作画时那个特制的固定在腰间的调色板……他很少让人走进他的画室，可是他的学生是例外，有的学生在这里跟他学画，还有的学生一连许多日子就睡在画室里。

画家们很少像列宾这样专有一个书房。他的书房完全是另一种风格，整齐和严谨。书桌摆在房屋正中，面朝着一排窗子，窗外满园花树，一把宽大的深红色圈椅摆在桌前，可以想象他坐在椅上视野开阔和生意盈盈的感觉。横在桌前一个长长的书柜放着许多雕像。托尔斯泰、屠格涅夫、门捷列夫等等。列宾喜欢写作，有人说，如果他不画画，肯定会是一位出色的作家。我读过列宾回忆录《远与近》中关于创作《伏尔加河上的纤夫》时的随笔，其中一些关于景物与人物的描述真的很棒，文字的感觉绝对够得上一流作家。

俄罗斯那个时代作家和艺术家关系的密切令人羡慕。那时，列宾的家每周三的聚会实际也是一个家庭化的艺术家的沙龙，通常总有三四十人，都是卓有才华的作家、画家、作曲家、诗人、歌唱家、演员等等。他们聚在一起谈诗论画，朗诵作品，相互欣赏，彼此影响，并且愉快地生活着。列宾还在院子里修建了一个舞台，发表演说或自编自演一些节目，不求精致，只求快乐。这种生活叫我想起施特劳斯一首圆舞曲的曲名——艺术家的生活。

列宾在这里生活了三十一年。直到过了86岁生日。

死后他被葬在离自己的“老家”很近的林间。没有石穴，只有一个木制的墓碑。坟墓是一小小的长方形的坟丘，与托尔斯泰的那个坟丘很像。托尔斯泰的坟丘长满青草，他的坟丘开满鲜花。这花是大地献给他的。

他要求葬在自己的园子里，表明他对这块土地永恒的依恋。